# आलस्य से मुक्ति के नए कदम

अब हर काम होगा पूरा

## सरश्री द्वारा रचित श्रेष्ठ पुस्तकें

### १. इन पुस्तकों द्वारा आध्यात्मिक विकास करें

- विचार नियम - आपकी कामयाबी का रहस्य
- विश्वास नियम - सर्वोच्च शक्ति के सात नियम
- आध्यात्मिक उपनिषद्
- शिष्य उपनिषद्
- संपूर्ण भगवद्‌गीता - जीवन की अठारह युक्तियाँ
- २ महान अवतार - श्रीराम और श्रीकृष्ण
- जीवन-जन्म के उद्‌देश्य की तलाश - खाली होने का महासुख कैसे प्राप्त करें
- सत् चित्त आनंद - आपके 60 सवाल और 24 घंटे
- निराकार - कुल-मूल लक्ष्य
- गुरु मुख से उपासना - गुरु करें तो क्यों करें वरना न करें

### २. इन पुस्तकों द्वारा स्वमदद करें

- स्वास्थ्य के लिए विचार नियम - मनः शक्ति द्वारा तंदुरुस्ती कैसे पाएँ
- नींव नाइन्टी - नैतिक मूल्यों की संपत्ति
- वर्तमान का जादू - उज्ज्वल भविष्य का निर्माण और हर समस्या का समाधान
- नास्तिकता से मुक्ति - उलटा विश्वास सीधा कैसे करें
- इमोशन्स पर जीत - दुःखद भावनाओं से मुलाकात कैसे करें
- मन का विज्ञान - मन के बुद्ध कैसे बनें
- तनाव से मुक्ति
- रहस्य नियम - प्रेम, आनंद, ध्यान,समृद्धि और परमेश्वर प्राप्ति का मार्ग
- डर नाम की कोई चीज़ नहीं - अपने मस्तिष्क में विकास के नए रास्ते कैसे बनाएँ

### ३. इन पुस्तकों द्वारा हर समस्या का समाधान पाएँ

- पैसा - रास्ता है मंज़िल नहीं
- खुशी का रहस्य - सुख पाएँ, दुःख भगाएँ : ३० दिन में
- विकास नियम - आत्मविकास द्वारा संतुष्टि पाने का राज़
- समग्र लोकव्यवहार - मित्रता और रिश्ते निभाने की कला

### ४. इन आध्यात्मिक उपन्यासों द्वारा जीवन के गहरे सत्य जानें

- मृत्यु पर विजय - मृत्युंजय
- स्वयं का सामना - हरक्युलिस की आंतरिक खोज
- बड़ों के लिए गर्भ संस्कार - १० अवतार का जन्म आपके अंदर
- सूखी लहरों का रहस्य

सरश्री

# आलस्य से मुक्ति के नए कदम

अब हर काम होगा पूरा

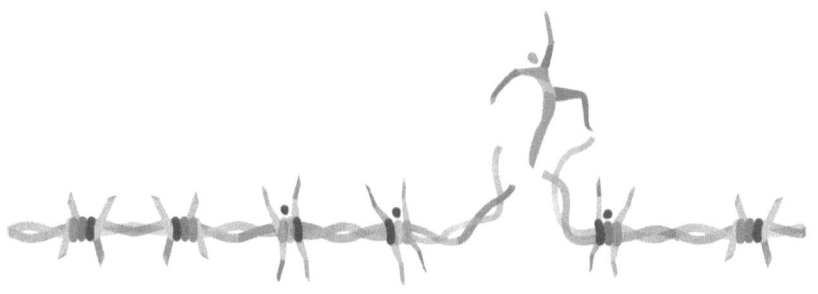

सुस्ती को हराने के १४ अचूक तरीके

आलस्य से मुक्ति के नए कदम – अब हर काम होगा पूरा

© Tejgyan Global Foundation
All Rights Reserved 2019.
Tejgyan Global Foundation is a charitable organisation with its headquarter in Pune, India.

ISBN : 978-81-8415-304-0

सर्वाधिकार सुरक्षित
वॉव पब्लिशिंग्ज् प्रा. लि. द्वारा प्रकाशित यह पुस्तक इस शर्त पर विक्रय की जा रही है कि प्रकाशक की लिखित पूर्वानुमति के बिना इसे व्यावसायिक अथवा अन्य किसी भी रूप में उपयोग नहीं किया जा सकता । इसे पुनः प्रकाशित कर बेचा या किराए पर नहीं दिया जा सकता तथा जिल्दबंद या खुले किसी भी अन्य रूप में पाठकों के मध्य इसका परिचालन नहीं किया जा सकता । ये सभी शर्तें पुस्तक के खरीददार पर भी लागू होंगी । इस संदर्भ में सभी प्रकाशनाधिकार सुरक्षित हैं । इस पुस्तक का आंशिक रूप में पुनः प्रकाशन या पुनः प्रकाशनार्थ अपने रिकॉर्ड में सुरक्षित रखने, इसे पुनः प्रस्तुत करने की प्रति अपनाने, इसका अनूदित रूप तैयार करने अथवा इलेक्ट्रॉनिक, मैकेनिकल, फोटोकॉपी और रिकॉर्डिंग आदि किसी भी पद्धति से इसका उपयोग करने हेतु समस्त प्रकाशनाधिकार रखनेवाले अधिकारी तथा पुस्तक के प्रकाशक की पूर्वानुमति लेना अनिवार्य है ।

| | | |
|---|---|---|
| New Edition | : | Sept. 2019 |
| Publisher | : | WOW publishings Pvt. Ltd., Pune |

Alasya se Mukti ke naye kadam - Ab har kaam hoga pura
by **Sirshree** Tejparkhi

यह पुस्तक समर्पित है बिजली के आविष्कारक
एडिसन को,
जिन्होंने अपने कार्य से कभी भी जी नहीं चुराया,
कभी सुस्ती नहीं की।
कार्य संपन्न न होने का बहाना दे सकने के बावजूद
भी उन्होंने कोई बहाना नहीं दिया।
जिनके अथक प्रयासों के फलस्वरूप
आज विश्व अंधेरे
से मुक्त होकर, रोशनी की दुनिया
में अन्य आविष्कार
कर पाने में सफल हो रहा है।

# विषय सूची

| | | |
|---|---|---|
| प्रस्तावना | अपने पैरों पर कुल्हाड़ी न मारें | ११ |
| | सबसे बड़ी बाधा को दूर करें | |

| | | |
|---|---|---|
| **खण्ड १** | **आलस्य की पहचान** | **१३** |
| अध्याय १ | अपनी सुस्ती को पहचानें | १५ |
| | आपमें कैसी सुस्ती है? | |
| अध्याय २ | तीन गुणों की पहचान | १८ |
| | कहीं आप पर भी इसका राज तो नहीं! | |
| अध्याय ३ | ऑन योर मार्क... गेट सेट...? | २२ |
| | सुस्ती के कारण और निवारण | |
| अध्याय ४ | सुस्ती से मुक्ति का सिद्धांत | २७ |
| | सुस्ती के मूल की समझ | |
| अध्याय ५ | मन की कथाओं से उत्पन्न सुस्ती | ३० |
| | तनाव मुक्त होकर काम कैसे करें | |
| अध्याय ६ | मन के बहानों में न फँसें | ३४ |
| | टालने की आदत को कैसे टालें | |

| | | |
|---|---|---|
| **खण्ड २** | **आलस्य से मुक्ति के १४ कदम** | **३९** |
| अध्याय ७ | सच्चाई को अस्वीकार न करें | ४१ |
| | आलस्य से मुक्ति का पहला कदम | |
| अध्याय ८ | हर काम पूरा करने की कला | ४४ |
| | आलस्य से मुक्ति का दूसरा कदम | |
| अध्याय ९ | स्वयं से सही सवाल पूछें | ४७ |
| | आलस्य से मुक्ति का तीसरा कदम | |

| | | |
|---|---|---|
| अध्याय १० | सुस्त मन की बात न सुनें | ५१ |
| | आलस्य से मुक्ति का चौथा कदम | |
| अध्याय ११ | नापसंद, मुश्किल व बोरिंग कामों को क्यों और कैसे करें | ५५ |
| | आलस्य से मुक्ति का पाँचवाँ कदम | |
| अध्याय १२ | सुस्ती से आनेवाले परिणामों को देखें | ५९ |
| | आलस्य से मुक्ति का छठवाँ कदम | |
| अध्याय १३ | खान–पान पर लाएँ सजगता | ६५ |
| | आलस्य से मुक्ति का सातवाँ कदम | |
| अध्याय १४ | अपनी ऊर्जा को पहचानें और खर्च करें | ६९ |
| | आलस्य से मुक्ति का आठवाँ कदम | |
| अध्याय १५ | अपना ही रिकॉर्ड तोड़ें | ७३ |
| | आलस्य से मुक्ति का नौवाँ कदम | |
| अध्याय १६ | सुस्ती को चुस्ती में बदलने का तरीका | ७५ |
| | आलस्य से मुक्ति का दसवाँ कदम | |
| अध्याय १७ | कामों को पूरा करने के चार तरीके | ७९ |
| | आलस्य से मुक्ति का ग्यारहवाँ कदम | |
| अध्याय १८ | समय न मिलनेवाले कामों को कैसे पूरा करें | ८४ |
| | आलस्य से मुक्ति का बारहवाँ कदम | |
| अध्याय १९ | थकने से पहले आराम, सुस्ती जगने से पहले काम | ८६ |
| | आलस्य से मुक्ति का तेरहवाँ कदम | |
| अध्याय २० | सुस्ती के विचारों पर ब्रेक कैसे लगाएँ | ८८ |
| | आलस्य से मुक्ति का चौदहवाँ कदम | |
| खण्ड ३ | **सुबह जल्दी उठने की तकनीकें** | ९१ |
| अध्याय २१ | स्वयं को दें दमदार कारण | ९३ |
| | सुबह जल्दी उठने की पहली तकनीक | |

| | | |
|---|---|---|
| अध्याय २२ | **समय पर जागने के लाभ** <br> सुबह जल्दी उठने की दूसरी तकनीक | ९५ |
| अध्याय २३ | **बिस्तर छोड़ने के तरीके** <br> सुबह जल्दी उठने की तीसरी तकनीक | ९९ |
| अध्याय २४ | **बिस्तर पर जाने से ठीक पहले करने योग्य चीज़ें** <br> सुबह जल्दी उठने की चौथी तकनीक | १०६ |
| अध्याय २५ | **अलार्म बजने और उठने के ठीक बाद क्या करें** <br> सुबह जल्दी उठने की पाँचवीं तकनीक | १०९ |
| अध्याय २६ | **उठने के काफी बाद और सोने से काफी पहले करने योग्य ७ चीज़ें** <br> सुबह जल्दी उठने की छठवीं तकनीक | ११३ |
| **खण्ड ४** | **प्रार्थना-शंका-सार** | **११७** |
| भाग १ | **सुस्ती मुक्ति प्रार्थना** <br> इ.एम.एस.वाय. ध्यान साधना | ११९ |
| भाग २ | **आलस्य** <br> शंका – समाधान | १२३ |
| परिशिष्ट | तेजज्ञान फाउण्डेशन की जानकारी | १३३–१४४ |

# अपने पैरों पर कुल्हाड़ी न मारें
## सबसे बड़ी बाधा को दूर करें

### प्रस्तावना

यदि आपसे सवाल पूछा जाए कि 'खुद को हराने की आदत कौन सी है?' तो इसका जवाब होगा, 'सुस्ती'। **इंसान खुद को हराने के लिए सुस्ती का निर्माण करता है।** यह बिलकुल अपने ही पैरों पर कुल्हाड़ी मारने जैसा है। इंसान अपने ही हाथ से अपनी हार का इंतजाम करता है।

सुस्त इंसान अपनी इस आदत को क्रेडिट कार्ड की तरह इस्तेमाल करता है। इंसान जब वस्तुओं की खरीददारी करने के लिए क्रेडिट कार्ड का इस्तेमाल करता है तब उसे सुकून महसूस होता है। परंतु यह सुकून उसे तब तक मिलता है, जब तक बिल चुकाने की तारीख नहीं आती। ठीक इसी तरह सुस्ती से भी सुकून तब तक मिलता है, जब तक उससे होनेवाले नुकसान की भरपाई करने का समय नहीं आता।

स्वयं से पूछें कि 'क्या वाकई मेरी सुस्ती मुझे सुख दे रही है? क्या यह सुकून सच्चा सुकून है?' जब आप इस पर ईमानदारी से मनन करेंगे, खोज करेंगे तो आपकी यह गलतफहमी दूर हो जाएगी।

एक प्रसिद्ध कहानी है। एक इंसान हमेशा पेड़ के नीचे आलस्य के कारण लेटा रहता था। उस रास्ते से रोज़ गुज़रनेवाला एक राहगीर उसे देखकर सोचता था कि यह ऐसे ही सुस्त पड़ा रहता है, इसका क्या जीवन है? एक दिन उस राहगीर ने रुककर उससे पूछा कि 'तुम हमेशा ऐसे ही निठल्ले की तरह लेटे रहते हो, कुछ काम क्यों नहीं करते?' उस इंसान ने पूछा, 'काम करने से क्या होगा?' राहगीर ने जवाब दिया, 'काम करने से तुम्हें पैसे मिलेंगे, जिससे तुम घर बना सकते हो, सुख-सुविधाओं

की चीज़ें जुटा सकते हो, अपनी सभी ज़िम्मेदारियाँ अच्छे से पूरी कर सकते हो।' निठल्ले इंसान ने पूछा, 'उससे क्या होगा?' राहगीर ने जवाब दिया, 'फिर तुम अपना जीवन आराम से व्यतीत कर सकते हो।' इस पर उस इंसान ने कहा, 'वह तो मैं अभी भी कर रहा हूँ फिर इतना सब करने की क्या ज़रूरत है।'

सुस्त इंसान की विचारधारा इस तरह की ही होती है कि जब बिना कुछ किए ही काम चल रहा है तो क्यों बेवजह शरीर को कष्ट दिया जाए। वे हर काम से बचने के कारण और बहाने ढूँढ़ लेते हैं।

सुस्ती की अधिकता होने पर हमारे सिस्टम में कुछ अतिरिक्त विकार भी प्रवेश कर जाते हैं। जैसे बात-बात पर झूठ बोलना, आराम में व्यवधान पड़ने पर क्रोध, चिड़चिड़ापन आना, शरीर का निष्क्रिय होकर बीमारियों से घिर जाना, समय से काम पूरे न होने पर असफलताओं का मिलना, जिस कारण जीवन में दुःख और दरिद्रता का आना आदि।

आपके भीतर छिपा अतिरिक्त तम (आलस्य) न सिर्फ सांसारिक उन्नति में बाधा बनता है बल्कि यह आध्यात्मिक उन्नति में भी बहुत बड़ी रुकावट है क्योंकि यह आपको ध्यान में सुला देता है। यह विचारों और कोरी कल्पनाओं को चलायमान रखता है। तमोगुणी वृत्ति न सिर्फ पृथ्वी के जीवन पर नकारात्मक असर डालती है बल्कि मृत्यु उपरांत जीवन में भी आपके साथ बनी रहती है।

इस पुस्तक में आपको सुस्ती से मुक्ति के लिए क्रमबद्ध चरणों में मार्गदर्शन दिया गया है। एक-एक कदम उठाने से सुस्ती की वृत्ति रूपी दीवार पर कड़े प्रहार होंगे और लगातार प्रहार से यह दीवार बिखर जाएगी। सुस्ती की आदत से मुक्ति पाने पर आपके भीतर से अतिरिक्त तम निकलकर उतना ही तम बचेगा, जितना आपके लिए आवश्यक है। फिर आवश्यक तम का प्रयोग शरीर को उचित मात्रा का आराम और उसे एक जगह ध्यान में बिठाए रखने जैसे कार्य में होगा।

इस पुस्तक का यही उद्देश्य है कि आपके भीतर छिपकर बैठा तमोगुण प्रकाश में आए। आप इसे और इसके दुष्प्रभावों को जान पाएँ। पुस्तक में बताए गए ठोस चौदह कदमों पर चलकर आप स्वयं से चिपके अतिरिक्त तम को हटा सकें। जीवन में बाधा बनी सुस्ती से मुक्त होकर गुणातीत अवस्था प्राप्त कर सकें ताकि आपका जीवन पृथ्वी पर बोझ नहीं बल्कि सत्य की अभिव्यक्ति करे... तुरंत।

**...सरश्री**

# खण्ड १
## आलस्य की पहचान

काल करे सो आज कर, आज करे सो अब,
पल में परलय होएगी, बहुरी करेगा कब।
— कबीर

आलसी आदमी चैन की नींद सोता है और भूखा रहता है।
— कहावत

आलस लुभावना होता है लेकिन संतुष्टि तो काम से ही मिलती है।
— एन. फ्रैंक

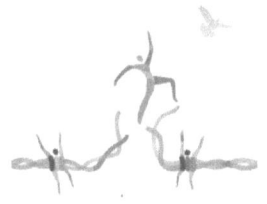

## अध्याय १
# अपनी सुस्ती को पहचानें
### आपमें कैसी सुस्ती है?

आप अपनी सुस्ती को सही तरीके से पहचान पाएँ इसलिए सुस्ती के दो मुख्य विभाजन यहाँ बताए जा रहे हैं। आइए, इन्हें समझकर अपनी सुस्ती पर मनन करें और इससे मुक्त होने की राह पर आगे बढ़ें।

**पहला विभाजन – 'ए' सुस्ती 'बी' सुस्ती 'सी' सुस्ती**

'ए' सुस्ती यानी ऐसी सुस्ती जो कार्य को शुरू करते समय होती है। 'ए' सुस्ती-आरंभ में आनेवाली सुस्ती।

कुछ लोगों के लिए कार्य प्रारंभ करना बड़ा मुश्किल होता है। एक बार कार्य शुरू हो जाए तो वे उसे पूर्ण कर लेते हैं लेकिन शुरुआत करना ही उनके लिए कठिन होता है।

'बी' सुस्ती वह है, जो कार्य के बीच में आती है। 'बी' सुस्ती-बीच में आनेवाली सुस्ती। कुछ लोग कार्य बड़े जोर-शोर से शुरू कर देते हैं लेकिन बाद में ढीले पड़ जाते हैं। ऐसे लोग अकसर कार्य को अधूरा छोड़ देते हैं।

'सी' सुस्ती वह होती है, जो कार्य के पूर्ण होने के बाद आती है। 'सी' सुस्ती-कंप्लीशन के बाद आनेवाली सुस्ती। जब कोई कार्य आप पूरा करते हैं तो आपको सुकून मिलता है। कार्य पूरा होने के बाद जो सुस्ती आती है वह स्वाभाविक

है। शरीर ने कार्य किया है तो उसे थोड़ा आराम मिलना आवश्यक है।

आपको पहलीवाली सुस्ती पर यानी 'ए' सुस्ती पर ज़्यादा कार्य करना है। इस सुस्ती को मिटाना सबसे महत्वपूर्ण है। इस पुस्तक में इसी पर ज़्यादा जोर दिया गया है।

'बी' सुस्ती को मिटाने के लिए आपको कुछ रचनात्मक तरीके अपनाकर कार्य को पूरा करना सीखना होगा। इस तरह काम के बीच में आनेवाली सुस्ती को मिटाना संभव है। इसके लिए कार्य में रूचि बढ़ानेवाले पहलू जोड़कर प्रेरणा बढ़ाई जा सकती है।

'सी' सुस्ती- जो कार्य पूरा होने के बाद आती है, यह स्वाभाविक है। कुछ समय शरीर को आराम मिलने के बाद आप तरोताजा होकर फिर से काम में लग जाते हैं। यह आराम आपको नई शक्ति और ऊर्जा प्रदान करता है। थकान आने से पहले शरीर को आराम देना है और सुस्ती जगने से पहले वापस काम शुरू करना है।

उपरोक्त तीन सुस्तियों में से कौन सी सुस्ती आपमें है, इसकी पहचान कर लें और पुस्तक में दिए गए मार्गदर्शन पर कार्य करें।

## दूसरा विभाजन – सस्ती और कीमती सुस्ती

क्या आपको पता है सुस्ती सस्ती और कीमती भी होती है? जी हाँ, जब आपको यह पता चलेगा कि सुस्ती भी कीमती होती है तब आप सस्ती सुस्ती को मिटाना चाहेंगे और कीमती सुस्ती को बचाना चाहेंगे।

शरीर में सुस्ती अगर सही मात्रा में है और वह आपके जीवन में सही दिशा में कार्य कर रही है तो वह कीमती सुस्ती है। जो सुस्ती आपका नुकसान कर रही है, वह सस्ती सुस्ती है। इस सस्ती सुस्ती के संकेत को पहचानें और सजग हो जाएँ। आपको सस्ती सुस्ती से मुक्ति प्राप्त करनी है।

सुस्ती भी कीमती है यानी वह शक्ति है। उसकी थोड़ी सी मात्रा दवा बन सकती है इसलिए उसका लाभ अवश्य लें। जैसे बच्चों को जायफल जब उचित मात्रा में चटाया जाता है तो वह उनके लिए दवा बनता है। ठीक उसी तरह कीमती सुस्ती का भी उचित मात्रा में उपयोग करें। कीमती सुस्ती का उचित प्रयोग महानता प्राप्त करवा सकता है। इसका सस्ता इस्तेमाल करके अपने जीवन को सस्ता न बनाएँ।

तम की आवश्यकता है, यह ज़रूरी है मगर अतिरिक्त तम न हो। जैसे कार

में ब्रेक होती है मगर इंसान पूरी यात्रा में ब्रेक का इस्तेमाल आवश्यकतानुसार ही करता है। यदि आप इस नुक्ते पर गौर करेंगे तो आप कहेंगे कि इस्तेमाल हो या न हो, कार में ब्रेक होनी ही चाहिए। कोई चीज़ वर्तमान में इस्तेमाल नहीं हो रही है तो इसका मतलब यह नहीं है कि भविष्य में कभी उसकी ज़रूरत नहीं पड़ेगी। अतः उसे व्यवस्था (सिस्टम) से बाहर नहीं निकालना चाहिए। कार में ब्रेक रहे और ज़रूरत के समय काम आए, यही नियम है। इंसान हर चीज़ का समय पर मगर जितनी ज़रूरत है, मात्र उतना ही इस्तेमाल करे।

महान आविष्कारक आर्किमिडीज जिस प्रयोग पर काम कर रहे थे, उसमें उन्हें सफलता नहीं मिल रही थी, उसका जवाब उन्हें काफी समय तक नहीं मिल पा रहा था। एक बार वे बाथ टब में सुस्त पड़े थे कि अचानक युरेका हुआ, उन्हें जवाब मिल गया। बाथ टब में वे सुस्त पड़े थे लेकिन यह कीमती सुस्ती थी।

महान साइंटिस्ट अलबर्ट आइनस्टाइन एक दिन बाहर जाने के लिए, अलमारी खोलकर अपने लिए कपड़े निकाल रहे थे। वे सोचने लगे कि 'आज क्या पहनूँ?' फिर उन्हें विचार आया कि 'हर रोज़ क्या सोचना कि क्या पहनना है।' इसलिए वे बाज़ार गए और अपने लिए सात-आठ एक जैसे सूट लेकर आए। सभी सूट एक जैसे रंग के ताकि 'क्या पहनूँ' यह सोचना न पड़े और जो हाथ में आए, पहना जा सके। देखा जाए तो यह सुस्ती है लेकिन यह कीमती सुस्ती है।

न्यूटन पेड़ के नीचे आराम से बैठे थे तभी ऊपर से सेब गिरा। उस घटना से आगे गुरुत्वाकर्षण के सिद्धांत का पता चला। इसलिए न्यूटन की सुस्ती कीमती सुस्ती हो गई। लेकिन सस्ती सुस्ती से ऐसा लाभ नहीं मिलता।

सुस्ती की वजह से इंसान कितनी सारी चीज़ें खो रहा है, जब यह उसे दिखाई देगा तो वह इससे बाहर निकलना चाहेगा। उसे यह दिखाई नहीं देगा तो वह सुस्त ही बना रहेगा और बहाने देता रहेगा या अपनी नाकामयाबी का दोष दूसरों पर लगाते रहेगा कि 'मुझे सही लोग नहीं मिले... मुझे किसी ने मदद नहीं की इसलिए मैंने यह काम नहीं किया... मैं अमेरिका में पैदा नहीं हुआ इसलिए मैं नहीं कर पाया... मैं लड़की बनकर पैदा हो गई इसलिए मैं नहीं कर पाई... मेरा शरीर कमज़ोर है इसलिए मैं नहीं कर पाया...' आदि। कोई न कोई कारण वह देकर बचना चाहेगा इसलिए मनन करके अपनी सुस्ती को पहचान लें। अगर आपकी सुस्ती नुकसानकारक है तो उसकी वजह से होनेवाले नुकसान का दर्शन कर लें ताकि जल्द से जल्द उससे मुक्त हो पाएँ।

## अध्याय २
# तीन गुणों की पहचान
### कहीं आप पर भी इसका राज तो नहीं!

तीन मित्र थे, जो पासवाले राज्य के एक मेले में व्यापार करने गए। जाते वक्त वे यह तय करके निकले कि एक दिन में जितना हो सके उतना व्यापार करके, शाम को घर लौटेंगे।

जैसे ही शाम ढलने लगी उनमें से पहले मित्र ने कहा, 'अब हमें लौटना चाहिए। मैं तो आधे व्यापार में ही थक गया था और घर जाना चाहता था। जैसे तैसे मैंने दिन निकाला है पर अब जल्द से जल्द घर पहुँचना चाहता हूँ।'

दूसरे ने कहा, 'यहाँ बहुत अच्छा व्यापार हो रहा है। बहुत अच्छी कमाई हो रही है। कुछ और दिन रुकूँगा तो कितनी कमाई होगी! सोचकर ही मज़ा आ रहा है। मैं आज नहीं लौटना चाहता। कुछ और दिन व्यापार करके जाऊँगा।'

तीसरे ने कहा, 'सुबह यहाँ के मंदिर में आरती होती है, मुझे वह सुनने की बड़ी इच्छा है। आज रात मैं किसी धर्मशाला में रहूँगा। फिर सुबह की आरती के बाद ही घर के लिए निकलूँगा।'

पहला मित्र समझ जाता है कि बाकी मित्र आज नहीं लौटेंगे इसलिए वह अकेला ही वहाँ से निकल पड़ता है। रास्ते में एक पेड़ के नीचे रुककर वह भरपेट भोजन करता है। अधिक भोजन के कारण पेड़ की छाँव में बैठे-बैठे उसकी आँख लग जाती है।

तब वहाँ तीन चोर आते हैं और उसका सारा धन लूट लेते हैं। फिर वे दबी आवाज़ में आपस में चर्चा करने लगते हैं कि 'अब इस इंसान का क्या करें?'

एक चोर कहता है, 'इसका धन तो हमने लूट लिया है। कहीं यह जाकर पुलिस को न बता दे। हम इसे मार ही डालते हैं।'

यह सुनकर तुरंत दूसरा चोर कहता है, 'मारने की आवश्यकता नहीं है। हम इसे रस्सी से बाँधकर जाते हैं। जब तक कोई आकर इसे खोले और यह पुलिस के पास जाए तब तक हम बहुत दूर निकल चुके होंगे।'

दूसरे चोर की बात पर अमल करते हुए, वे उस इंसान को रस्सी से बाँधकर आगे बढ़ जाते हैं।

कुछ दूर जाने के बाद तीसरे चोर के अंदर उस इंसान के प्रति दया उभरती है। वह सोचने लगता है कि 'बेचारा बँधा हुआ है... कहीं कोई जानवर आकर उसे खा न ले... उसके सारे पैसे तो हमने लूट ही लिए हैं... मुझे जाकर उसकी रस्सी खोल देनी चाहिए... सही-सलामत घर तो लौट पाएगा...।' यह सोचकर वह मौका पाकर वापस उस इंसान के पास आता है और उसकी रस्सी खोल देता है।

उपरोक्त कहानी के किरदार तीन मित्र और तीन चोर, इंसान के अंदर स्थित तीन गुणों के प्रतीक हैं। इंसान के अंदर तीन गुण होते हैं, तमोगुण, रजोगुण और सत्वगुण। जो इन तीनों गुणों से मुक्त हो जाता है वह है, निर्गुण।

अब समझें कि इन तीन मित्रों में कौन सा किरदार कौन से गुण को दर्शाता है।

पहले मित्र ने कहा, 'मैं घर जल्दी जाना चाहता हूँ' यह है 'सुस्त यानी तमोगुणी'।

जो मित्र रुककर और व्यापार करना चाहता था वह है 'चुस्त यानी रजोगुणी'।

अंत में जिस मित्र ने कहा, 'कार्य के बाद मुझे मंदिर की आरती में उपस्थित रहना है' वह है संतुलित यानी सत्वगुणी।

इसी तरह तीन चोरों में जिसने हत्या करने की बात की वह है 'तमोगुणी'। क्योंकि तमोगुणी इंसान भागने के झंझट में नहीं पड़ना चाहेगा।

जिसने उस इंसान को बाँधकर वहाँ से दूर भाग जाने की बात की, वह है रजोगुणी। रजोगुणी तो भागना ही चाहता है।

अंत में जिसने दया दिखाकर रस्सी खोल दी वह सत्वगुणी। चाहे चोर हो या साधू, हर शरीर के अंदर ये तीनों गुण होते हैं। किसी शरीर में तमोगुण का प्रभाव ज़्यादा होता है तो किसी में रजोगुण या सत्वगुण का।

आप भी कुछ देर आँख बंद करके यह मनन करें कि आपमें कौन सा गुण राज्य करता है– तमोगुण, सत्वगुण या रजोगुण।

अगर आप तमोगुणी हैं तो इससे ऊपर उठने के लिए इस पुस्तक में दिए गए सभी कदमों पर ज़ोरदार काम करें।

यदि आप पर रजोगुण हावी है, आपका यह गुण आपको चैन से बैठने नहीं देता तो रोज़ कुछ समय ध्यान में बैठें। मन ध्यान में बैठना नहीं चाहता, वह वर्तमान से भागना चाहता है। इसलिए प्रयासपूर्वक अपने आपको ध्यान में बिठाएँ और फिर धीरे-धीरे ध्यान में बैठने की अवधि को बढ़ाते जाएँ।

जो सत्वगुणी हैं, वे औरों के लिए इस भावना से प्रार्थना करें कि 'किसी ने मेरे लिए भी प्रार्थना की होगी, जो मैं आज सत्वगुणी बना हूँ। तो क्यों न मैं भी औरों के मंगल के लिए प्रार्थना करूँ।'

तमोगुण से अच्छा है, रजोगुण। रजोगुण से अच्छा है, सत्वगुण। इंसान को

चाहिए कि वह सत्वगुणी बने। परंतु सिर्फ सत्वगुणी बनना ही काफी नहीं है बल्कि इन तीनों गुणों से आगे आपको निर्गुण अवस्था की ओर बढ़ना है।

आज आप जिस भी अवस्था में हैं, उससे आगे बढ़ें और निर्गुण अवस्था की ओर जाने का प्रयास करें।

अध्याय ३

# ऑन योर मार्क... गेट सेट...?
## सुस्ती के कारण और निवारण

यदि किसी से कहा जाए कि 'ऑन योर मार्क, गेट सेट' और वह कहे, 'नो' तो समझ जाएँ कि वह इस वक्त सुस्ती के प्रकोप में है। 'गो' की जगह 'नो' कहनेवाले के लिए इस प्रकोप से बाहर आना आवश्यक है। कुछ लोगों पर सुस्ती का प्रकोप होता रहता है यानी वे अलग-अलग मौसम और समय पर सुस्ती की बीमारी से पीड़ित होते रहते हैं। आइए, इसके तीन कारणों को जानते हैं।

**पहला कारण – प्रेरणा की कमी**

क्या आपने कभी सोचा है कि जिन्हें सुस्त समझा जा रहा है, क्या वाकई वे सुस्त हैं या अप्रेरित हैं? **दरअसल विश्व में सुस्त लोग कम और अप्रेरित लोग ज़्यादा हैं।** विश्व में जो लोग कार्य नहीं कर रहे, वे अप्रेरित हैं या दुविधा में हैं या बीमार हैं।

जब शरीर बीमार होता है तब वह काम नहीं कर पाता। जब मन इस दुविधा में होता है कि 'यह कार्य करे कि न करे' तब भी काम नहीं हो पाता। ऐसी दुविधा अकसर इसलिए होती है क्योंकि हमने अपने अंदर खोज करना सीखा ही नहीं है।

युवा पीढ़ी ज़्यादा सुस्त दिखाई देती है क्योंकि वह अप्रेरित है। 'क्या करना है और क्यों करना है?' इस सवाल का जवाब उन्हें मिल नहीं रहा है क्योंकि उन्हें

खोज करना सिखाया नहीं गया है। दरअसल स्कूल के पाठ्यक्रम (सिलैबस) में ही यह विषय होना चाहिए। बच्चों को यह सिखाया जाना चाहिए कि किस प्रकार खोज करके अपने सवालों के जवाब, अपनी समस्याओं के समाधान ढूँढ़ने हैं। सबसे पहले तो स्कूल में 'पढ़ाई क्यों करनी चाहिए' इस पर उन्हें मार्गदर्शन मिलना चाहिए। बच्चों को यह स्पष्ट होना चाहिए कि स्कूल में अलग-अलग विषय सिखाए जाते हैं ताकि उनके मस्तिष्क का अच्छी तरह से विकास हो। भले ही इनमें से कुछ चीज़ें जीवन में उनके काम में आएँ या न आएँ। परंतु मस्तिष्क को दिया गया यह विविध व्यायाम उनके लिए बहुत महत्वपूर्ण है। इससे उनकी काबिलीयत को बढ़ाया जाता है। उनकी गुणवत्ता और मौलिकता को निखारने का कार्य होता है। इस तरह बड़े होकर वे यह समझ पाते हैं कि आगे चलकर उन्हें क्या करना है।

जब 'क्या करना है और क्यों करना है' का जवाब मिलता है तब इंसान प्रेरित होता है। प्रेरित इंसान आसानी से कामों को अंजाम दे पाता है। सुस्ती उसकी राह में बाधा नहीं बन पाती।

प्रेरित इंसान को देखकर ही आप समझ जाएँगे कि इसका लक्ष्य इससे काम करवा रहा है। जबकि अप्रेरित इंसान को देखकर आप समझ जाएँगे कि शायद इसके जीवन में कोई लक्ष्य अथवा प्रेरणा नहीं है। यही कारण है कि आज कई नौजवान अपना समय व्यर्थ गँवा रहे हैं। इन्हें प्रेरित किया जाना चाहिए तथा लक्ष्य की याद दिलाई जानी चाहिए।

आप भी अपने आपसे यह सवाल ज़रूर पूछें कि 'कहाँ-कहाँ मुझसे कार्य नहीं होते हैं? और ऐसा क्या करूँ कि वे कार्य करने की प्रेरणा मुझे मिले?' जैसे ही प्रेरणा जगेगी, आप देखेंगे कि सुस्ती भाग गई।

**दूसरा कारण – अंतर्मन की परतें**

कई बार इंसान के अंतर्मन में कोई ऐसी बात दबी होती है या डर छिपा होता है, जो उसे कर्म करने से रोकता है। जब वह मनन करता है, लोगों से बातचीत करता है तब असली कारण सामने आता है।

इन्हें समस्या का पता नहीं होता क्योंकि वह दबी होती है, ऐसे में समाधान

दूर की बात हो जाती है। ये लोग अकसर खोए-खोए रहते हैं और ऐक्शन में नहीं दिखते। इन्हें देखकर लोगों को लगने लगता है कि 'ये सुस्त हैं' जबकि समस्या अंतर्मन में छिपी होती है। इन्हें लिखना शुरू करना चाहिए। जो भी दुविधा महसूस हो रही हो, उसे लिखना शुरू कर दें। ऐसा करने से समस्या सामने आती जाएगी और समाधान अपने आप मिलता जाएगा। क्योंकि लिखते हुए अंतर्मन की परतें खुलनी शुरू होती हैं।

खासकर जो लोग अपनी समस्या से चिपके रहते हैं, वे समस्या का कारण खोज नहीं पाते। ये लोग जब लिखने बैठते हैं तब अचानक उनका सही दिशा में मनन शुरू हो जाता है और समस्या का समाधान सामने आ जाता है।

**तीसरा कारण – दुविधा**

युद्ध के मैदान में अर्जुन ने श्रीकृष्ण से कहा था कि 'मैं युद्ध नहीं करूँगा।' तब क्या वह सुस्ती के कारण ऐसा कह रहा था? नहीं। दरअसल वह इस दुविधा में फँस गया था कि उसे युद्ध करना चाहिए या नहीं? तब श्रीकृष्ण ने उसे उचित मार्गदर्शन देकर युद्ध के लिए प्रेरित किया।

जो इंसान दुविधा में है, उसके लिए कर्म करना मुश्किल होता है। इसलिए सबसे पहले दुविधा को दूर किया जाना चाहिए। इसके लिए सही मार्गदर्शक से सलाह अवश्य लेनी चाहिए। दुविधा की स्थिति में लिया हुआ काम या तो पूरा नहीं हो पाता या फिर अच्छा नहीं हो पाता क्योंकि वह अनमने मन से किया जाता है। लोगों को लगता है कि सुस्ती की वजह से काम नहीं किया गया है।

वैज्ञानिक एडिसन लैबोरेटरी में कई प्रयोग असफल होने के बाद भी नहीं रुके क्योंकि वे प्रकाश के लिए प्रेरित थे। उनसे कर्म बह रहा था। जो लोग प्रेरित हैं, जीवन में क्या चाहिए, जिन्हें यह मालूम है, वे अपने जीवन को आकार देते हैं।

लोगों के अंदर कई सारे सवाल उमड़ते रहते हैं, 'कौन सी नौकरी करूँ- ज़्यादा पेमेंटवाली या जो मुझे पसंद है वह? ज़्यादा सुख-सुविधाओं वाली या ज़्यादा मान-सम्मान वाली?' आदि। परंतु यह सोचने के बजाय, ऐसा सोचें कि 'मैं अपने

जीवन को कैसा रूप देना चाहता हूँ', पहले यह तय करना ज़रूरी है। एक बार आपने यह तय कर लिया, फिर इस समझ के साथ हर कर्म करें कि 'कुदरत द्वारा मेरे जीवन को तराशा जा रहा है।'

मूर्तिकार जब पत्थर को तराशता है तब मूर्ति बनती है। आपका कौन सा स्वरूप प्रकट होना चाहता है, वैसा उसे प्रकट होने दें। उसके लिए अंदर से प्रेरित हो जाएँ, उस पर चलना शुरू कर दें। फिर आपके द्वारा अपने आप ही वैसे चुनाव होने लगेंगे, जो आपको इस कार्य में मदद करेंगे। अब आपको बाहर की सुख-सुविधाएँ महत्वपूर्ण नहीं लगेंगी।

फिर दूसरों की देखा-देखी आप फिज़ूल की बातों में नहीं अटकेंगे। जब आपसे कर्म बहते हैं तब आपको लगता ही नहीं है कि 'मैं यह कर्म कर रहा हूँ।' इसलिए पहले दुविधा को दूर करके 'क्या चाहिए' इस पर स्पष्ट मनन करें।

जब कर्म आपसे बहने लगेंगे तो सुस्ती का शिकार होने की वजह ही नहीं बचेगी। आप शरीर को आराम भी देंगे तो उस अवस्था में आप अपने असली स्वरूप के नज़दीक जाएँगे यानी आपका आराम करना भी आपकी मदद ही करेगा। अपने आपसे पूछें, 'मैं सुस्त हूँ या दुविधा में हूँ?' दुविधा को दूर करेंगे तो प्रेरणा मिलेगी और सुस्ती अपने आप भाग जाएगी।

कुछ बच्चे स्कूल में पढ़ाई में चुस्त होते हैं लेकिन बाद में कॉलेज जाकर वे सुस्त हो जाते हैं। इस सुस्ती के पीछे कई बार दुविधा भी हो सकती है। जैसे किसी को भौतिक शास्त्र की संज्ञाएँ, रसायन शास्त्र के फॉर्मुले, जैविक शास्त्र की जटिलता समझ में नहीं आती इसलिए वे पढ़ाई से दूर रहने लगते हैं। उनकी यह कठिनाई दूर करनेवाली कोई पुस्तक अगर उन्हें मिलती है तो वे वापस पढ़ाई में दिलचस्पी ले सकते हैं।

इस उदाहरण से आपको यह और स्पष्ट हुआ कि दुविधा की वजह से कई बार आपसे कर्म नहीं होते और सुस्ती भी महसूस होती है।

ध्यान रहे कि ऐसे लोगों से कभी सलाह न लें, जो खुद उलझे हुए हैं। यदि

सुलझे हुए, सही सलाह देनेवाले लोग आपके जीवन में नहीं हैं तो प्रार्थना करें, 'मुझे सुलझन का आनंद चाहिए।' पूरे विश्वास के साथ, स्पष्ट शब्दों में कुदरत को संकेत दें कि 'मैं सुलझन चाहता हूँ।' फिर कुदरत आपके लिए वैसी व्यवस्था करेगी।

'मार्गदर्शन देनेवाला कोई नहीं है इसलिए मैं फलाँ कार्य नहीं कर पाया', यह बहाना बनाकर रुकें नहीं, आगे बढ़ें।

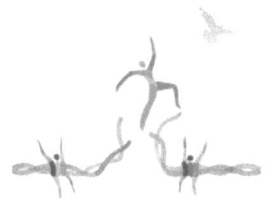

## अध्याय ४
# सुस्ती से मुक्ति का सिद्धांत
### सुस्ती के मूल की समझ

जब आप ईश्वर के, सत्य के प्रेम में कार्य करते हैं तो आपको कार्य करने की शक्ति अपने आप प्राप्त होती है।

जो लोग अपने काम में माहिर होते हैं, उस मुकाम तक पहुँचने के लिए उन्होंने हज़ारों घंटे उस कार्य के अभ्यास में दिए होते हैं। तब जाकर ऐसा मोड़ आता है कि उस काम में कोई भी उनकी बराबरी नहीं कर सकता। एक लंबा समय देकर अभ्यास करने के बाद ही यह संभव होता है। जिससे बोनस में गुणों के साथ-साथ काम की गुणवत्ता भी बढ़ती है। क्योंकि वे लोग अपना हर कार्य ईश्वर का कार्य समझकर ही करते हैं, ईश्वर के प्रेम में करते हैं। इसीलिए उन्हें वे कार्य करने की शक्ति भी स्वत: ही मिलती है।

दूसरे लोग वह काम कर भी लेते हैं लेकिन उनमें वह गुणवत्ता नहीं होती, जो उस इंसान ने बरसों के अभ्यास के बाद कमाई है। जिन लोगों के अंदर सुस्ती है, वे लोग इस शक्ति से वंचित रह जाते हैं।

अपने आपको उस कार्य के लाभ याद दिलाएँगे तो कर्म करना और उसमें कुशल बनना आपके लिए आसान होगा। फिर आपमें ऊर्जा का संचार भी होगा और आपके कार्य भी होंगे। साथ ही साथ आपके अंदर गुण तो बढ़ेंगे ही, आपके कामों की गुणवत्ता भी बढ़ेगी। आप अपने कार्य में माहिर बनेंगे क्योंकि आप ईश्वर के,

सत्य के प्रेम में हर कार्य कर रहे हैं।

आप ईश्वर के, सत्य के प्रेम में इस तरह कार्य करेंगे तो सुस्ती भी दूर होगी और कार्य करने की शक्ति भी मिलेगी।

जब भी कोई सुस्त इंसान काम करना टालता है तो उसके पीछे या तो कर्म न करने का सुख होता है या काम करना पड़ रहा है, इसका दुःख होता है। इंसान को जो करने से सुख मिलता है, उसे वह बढ़ाता है। कार्य न करना सुख देता है इसलिए उसकी सुस्ती बढ़ती रहती है। आइए, इसे समझें।

मान लें कि आपको बैंक जाना है परंतु उसी समय आपको याद आता है कि आज तो बैंक बंद है। फिर आप चैन की साँस लेते हुए सोचते हैं कि 'चलो, कल बैंक में जाएँगे।' कारण मिलते ही इंसान को सुकून मिलता है और फिर वह सुस्ती बनाए रखने में माहिर होता जाता है।

सोचकर देखें कि आपको माँ ने कहा, 'बेटा ज़रा दुकान से राशन ले आ' और आप घर पर बैठकर टी.वी. देखना चाहते हैं तो आपको कितनी चिढ़ मचती है। फिर अचानक आपको याद आता है कि 'अरे आज तो हफ्ते का आखिरी दिन है और बाज़ार बंद है।' यह सोचकर ही आपको बहुत खुशी होती है। आपको बिलकुल ऐसी खुशी मिलती है जैसे आपने काम कर लिया हो। यह होता है काम न करने का सुख।

यदि ठीक इसके उलटा होता यानी बाज़ार खुला होता और आपको जाना पड़ता तब आप कैसे जाते? मन में कुढ़ते हुए जाते कि 'कितनी धूप में बाहर निकलना पड़ रहा है... इतनी दूर जाना है... मुझे ही क्यों बताते हैं...' आदि। यह हुआ काम करने का दुःख।

जब काम नहीं करना पड़ता तब इंसान को सुख मिलता है और जब करना पड़ता है तब दुःख। अब सुस्ती से मुक्ति पाने के लिए आपको पिछली पंक्ति को उलटा करना है तो सिद्धांत यह होगा कि *"कर्म करने का सुख हो और कर्म न कर पाने का दुःख हो।"* जब इस सिद्धांत के अनुसार लोग कार्य करेंगे तो सुस्ती से मुक्त होना संभव है।

सिद्धांत को समझ लेने के बाद जीत आपकी ही है। यह करना सीख लिया

तो सुस्ती मिटाने की नई तरकीबें आप खुद ईजाद कर लेंगे और इस तरह आप विश्व के उत्थान के लिए भी निमित्त बनेंगे। इससे आपको कर्म करने का सच्चा सुख मिलेगा।

जब अंदर से प्रेरणा पाकर कोई कार्य होता है तब इंसान को सच्चा सुख मिलता है। जिन महापुरुषों ने अंदर के हुकुम से प्रेरित होकर कार्य किया, उन्हें कितना सुकून मिला होगा इसकी कल्पना भी आप नहीं कर सकते। कोई सूली पर चढ़ा, कोई जंगलों में और पहाड़ियों में भटका, घने जंगलों में, डकैतों के बीच जाकर भी उन्हें सुकून महसूस हुआ। उन पर कभी सुस्ती का आक्रमण नहीं हुआ। वे सुस्ती से कभी पीड़ित नहीं हुए क्योंकि उन्हें कर्म का सुख मिल रहा था और फल से उन्हें कोई आसक्ति नहीं थी। उनके लिए ''कर्म करना सुख और न करना दुःख'', यही सिद्धांत था।

आप भी इस सिद्धांत पर कार्य करेंगे तो सुस्ती से मुक्त हो जाएँगे। कम से कम आपको किस बात से सुख मिल रहा है, इस पर तो आपकी समझ बढ़े। जो सुख मिल रहा है, क्या वाकई सच्चा सुख है या नहीं? इंसान को स्वादिष्ट खाना सुख देता है। ऐसे में इंसान अपने आपसे प्रश्न पूछे, 'क्या वाकई यह सुख है? कल जो खाना खाया, क्या अब भी उसका स्वाद ज़ुबान पर है या वह थोड़े समय के लिए ही था? क्या वह खाकर तृप्ति मिली?' जब इंसान अपने आपसे प्रश्न पूछता है तब वह उन बातों से मुक्त होने लगता है।

सिद्धांत से बातें समझना आसान होता है। ऐसा ही एक कर्म का सिद्धांत है, जिसे समझकर आप यह जान जाएँगे कि जीवनभर आपको कैसे कर्म करने हैं। यह सिद्धांत सुस्ती से मुक्ति में भी आपकी मदद करेगा।

## अध्याय ५

# मन की कथाओं से उत्पन्न सुस्ती

## तनाव मुक्त होकर काम कैसे करें

इस कदम में आपको 'मन की मस्त कथाओं' से मुक्त होकर सुस्ती से मुक्ति पानी है। मस्त कथा का अर्थ आप इस कदम को पढ़ने के बाद जान जाएँगे।

जैसे कोई कहे, 'मुझे सबसे आदर मिलना ही चाहिए... मैं हमेशा इसी तरह परफेक्ट रहूँ... मैं जो काम करूँ वह परफेक्ट हो... हरेक मुझे पसंद करे', ये सभी मस्त कथाएँ हैं। स्वयं के बारे में बनाई गईं ऐसी मस्त कथाएँ इंसान के जीवन में बड़ी रुकावटें खड़ी कर देती हैं। उदाहरण के तौर पर अपने क्षेत्र में अच्छा प्रदर्शन करने पर लीडर, खिलाडियों, हीरो आदि को एक बार बड़ा लेबल मिल जाता है। जैसे, 'अरे! यह इंसान परफेक्ट है... यह अपनी कही हुई हर बात को पूरा करता है... यह हमेशा अपने बनाए स्टैंण्डर्ड पर खरा उतरता है... इसे इसके क्षेत्र में कोई मात नहीं दे सकता है' आदि। ठीक ऐसे ही अगर किसी विद्यार्थी के बारे में धारणा बन जाती है कि 'यह विद्यार्थी हमेशा नब्बे प्रतिशत से ज़्यादा अंक लाता है' तो उस विद्यार्थी को तनाव आता है कि 'अब अगली बार भी मुझे इतने ही अंक लाने हैं वरना लोग क्या कहेंगे?' इस तरह लोग स्वयं के बारे में मस्त कथा बनाकर, अपने जीवन में बेवजह तनाव पैदा कर लेते हैं। जिसके परिणामस्वरूप उनके कार्यों में विलंब होने लगता है या वे उन्हें पहले जैसी कुशलता से नहीं कर पाते।

पहले जब तक विद्यार्थी को इस बात का टेन्शन नहीं था कि 'मुझे नब्बे प्रतिशत

से ज़्यादा अंक लेना है' तब तक उसकी पढ़ाई अच्छी चल रही थी। अब मस्त कथा बनने के साथ ही उसके लिए यह अनिवार्य (मस्ट) हो गया।' इस तनाव की वजह से उसका पढ़ना कम होता जाता है और दिमाग फालतू की बातों यानी मस्त कथाओं में अटक जाता है। जैसे, 'यदि कम अंक आए तो लोग क्या कहेंगे?... मेरी छवि (इमेज) का क्या होगा?... लोग कहेंगे, देखो यह विद्यार्थी सुस्त नहीं था मगर अभी तनाव ने उसे सुस्त बना दिया।' ऐसा इसलिए हुआ क्योंकि अब उसके मन में डर आ गया और कुछ कथाएँ बन गईं। मस्त कथाएँ उसे उलझाकर सुस्त कर देती हैं और उसके हर काम में विलंब होने लगता है।

फिर विद्यार्थी दूसरा सूत्र (फॉर्मूला) बनाने लगता है। वह सोचता है, 'मैं इस साल ड्रॉप लूँगा, परीक्षा में नहीं बैठूँगा, अगले साल परीक्षा दूँगा।' अर्थात अब वह परीक्षा में न बैठने का कारण ढूँढ़ने लगता है ताकि उसे तैयारी के लिए थोड़ा अतिरिक्त समय मिले। इस तरह विद्यार्थी खुद बनाई गई मस्त कथाओं से उपजे तनाव के कारण परीक्षा देना टालता है।

उपरोक्त उदाहरण के आधार पर हरेक अपने जीवन में देखे कि क्या वे सुस्त न होने पर भी सुस्ती के परिणाम भुगत रहे हैं? क्या इस वजह से उनके कार्य सही तरीके से नहीं हो रहे हैं? यदि क्रियाशील (ऐक्टिव) होते हुए भी आपके कार्य नहीं हो पा रहे हैं तो स्वयं से पूछें, 'कहीं मेरे अंदर कोई मस्त कथा तो नहीं बन रही है और उससे बचने के लिए कहीं मैंने कोई ऐसा सूत्र (फॉर्मूला) तो नहीं बना लिया, जो मुझे सुस्त कर रहा है?' तात्पर्य– अपने काम को परफेक्ट करने के चक्कर में स्वयं को दी गई अतिरिक्त समयावधि में इंसान को लगता है कि उसे कोई समाधान या तरीका मिल जाएगा, जो उसे बेहतर करेगा। मगर ऐसा होता नहीं है बल्कि उसके काम में विलंब होता जाता है और उसका स्तर भी गिरता जाता है।

आपने कुछ लीडर को ऐसा कहते सुना होगा कि 'मेरे साथ कार्य करनेवाले लोग मुझ पर बहुत यकीन करते हैं। मेरी उतनी पात्रता न होने पर भी उन्हें लगता है कि 'फलाँ कार्य मुझसे हो जाएगा।' इसलिए मुझे वह कार्य करते रहना पड़ता है। अगर मैं उनके विश्वास पर खरा नहीं उतरा तो लोगों को मेरी लीडरशिप पर संदेह होगा।' परिणामतः स्वयं की बनाई हुई इस मस्त कथा के कारण वह लीडर हमेशा तनाव में रहता है। जबकि तनाव में रहे बिना भी आप अपना कार्य बखूबी निभा सकते हैं। अगर आपको इसकी जानकारी होती तो मस्त, मस्ट (अनिवार्य) कथा

नहीं बनती और आप उसमें नहीं अटकते। अतः अपने आपसे पूछें, 'क्या हम यह काम थोड़ा-थोड़ा करके कर सकते हैं?'

## बिना तनाव के काम कैसे पूर्ण करें

जब लोगों के जीवन में 'करो या मरो' वाली परिस्थितियाँ या कुछ खास घटनाएँ होती हैं तो वे असंभव लगनेवाले कार्य भी कर गुज़रते हैं। उसके बाद उनके अंदर आत्मविश्वास जगता है और वे कहते हैं, 'अरे! हाँ यह तो हो ही सकता था, 'ख्वाहमख्वाह मैं मस्त कथा में उलझकर इसे असंभव समझ रहा था।' आइए, इसी बात को एक उदाहरण से समझते हैं।

एक विद्यार्थी पढ़ाई से आनाकानी किया करता था। एक दिन पाठशाला में शिक्षक ने विद्यार्थियों को बताया, 'आज आपके पास एक घंटे का खाली पीरियड है।' अब वह विद्यार्थी सोचने लगा कि 'इस खाली समय में मैं क्या कर सकता हूँ?' उस दिन उसका मित्र भी पाठशाला नहीं आया था, जिसके साथ वह खाली समय बिता सकता। अतः उस वक्त उसने अपनी पुस्तक खोलकर पढ़ना शुरू किया और वह खाली घंटे में अपनी पढ़ाई पूरी करने में सफल हो गया। तब उसे लगा कि 'अरे! यह तो हो ही सकता था, इसमें क्या कठिन था?' पहले जो विद्यार्थी पढ़ाई करना टाल रहा था, उसे एक घटना ने सिखा दिया। मगर आपको अपने जीवन में घटनाओं का इंतज़ार नहीं करना है बल्कि समय रहते कार्य शुरू कर देना है।

उपरोक्त उदाहरण से समझें कि खाली समय मिलने पर उसे खाली बैठकर बरबाद न करें बल्कि कुछ काम करते रहें। इससे आपके बहुत सारे काम अपने आप हो जाएँगे। साथ-ही-साथ आप यह भी महसूस करेंगे कि कठिन लगनेवाले काम वास्तव में उतने कठिन नहीं थे। इस तरह कोई भी कार्य करने में जब भी दिक्कत महसूस हो तो उसे थोड़ा-थोड़ा करके पूर्ण करें।

जब भी इंसान यह सोचता है कि 'सब काम एक साथ पूरे करने हैं और वे परफेक्ट भी होने चाहिए' तब इन्हीं विचारों से वह काम नहीं कर पाता, उलटा उसका काम बंद हो जाता है। जिन लोगों को विशेषतः इस तरह की दिक्कतें होती हैं, उन्हें खुद को यह बताना आवश्यक है कि किसी भी घटना में कथा नहीं बनानी है। वरना अकसर घटना होने के बाद इंसान को मालूम पड़ता है कि वह घटना उतनी गंभीर या बड़ी नहीं है, जितनी वह समझ रहा है। अतः अपने आपमें यह विश्वास जगाएँ

कि 'मुझे तो बस अपना कार्य अच्छा करते जाना है। मेरे पास आज सबसे अच्छा करने योग्य जो भी साधन उपलब्ध है, उसके सहारे मैं कार्य करूँगा।' अर्थात आपसे जितना संभव है, उतना आप करते जाएँ। इससे आपको अंत में पता चलेगा कि जितना सोचा था, उससे कहीं ज़्यादा ही हो गया। अकसर लोग कहते हैं, 'हमें पहले नहीं लगा था कि यह कार्य इतना हो पाएगा। कार्य हो जाने के बाद उनका विश्वास बढ़ता है। इसलिए आपसे कहा जा रहा है कि जो-जो करना संभव है, वह करते जाएँ। फिर सब जुड़ने के बाद उसका इकट्ठा परिणाम देखकर आप आश्चर्यचकित रह जाएँगे।

इस तरह कार्य करते हुए आप देखेंगे कि बिना तनाव के, बिना सुस्त हुए, आप काम पूर्ण कर पाए।

## अध्याय ६
# मन के बहानों में न फँसें
## टालने की आदत को कैसे टालें

कुदरत हमें हर बार, लगातार कुछ संकेतों के द्वारा मदद करती रहती है। अतः हर दिन आपके सामने जो कार्य आ रहे हैं, उनमें आपको कौन सा प्रशिक्षण मिल रहा है, इस पर थोड़ा मनन करें। यदि आप किसी भी तरह से कार्य को विलंब या इनकार कर रहे हैं या किसी और पर इल्जाम लगाकर कार्य को टाल रहे हैं तो सजग हो जाएँ और ऐसी आदतों को टालें। इंसान अकसर आलस्य के चलते कामों को टालने की कोशिश करता रहता है।

ऐसे में यदि कोई आपको बताए कि 'आपके अंदर कामों को टालने की वृत्ति है' तो आप मानने को तैयार ही नहीं होते और सच को देखकर भी अनदेखा करते हैं। अतः अपने आपमें सच सुनने की आदत डालें। मानसिक सुस्ती के रहते इंसान अपने बारे में सच सुनना ही नहीं चाहता। इसलिए आपको कोई आपके बारे में सत्य बता रहा है तो पहले उसे सुन लें, इनकार न करें।

जब आप इनकार नहीं करते तब आप किसी पर इल्जाम भी नहीं लगाते। वरना इंसान, 'यह मेरा दोष नहीं है, किसी और का है' यह कहकर अपना दोष दूसरों पर थोप देता है। इस तरह लोग दूसरों पर इल्जाम लगाकर कामों को टालते हैं, विलंब करते हैं। कई बार इंसान चाहता है कि 'विलंब के साथ कुछ बातें सुलझें तो मैं वह काम करूँगा।' कुछ लोग यह सोचते हैं कि विलंब करने से काम टल जाएगा। मगर

कुछ काम ऐसे होते हैं, जिन्हें कोई और समय की आवश्यकतानुसार कर देता है। जो काम टालनेवाले के लिए एक सूत्र (फॉर्मूला) बन जाता है।

मानो, किसी ने काम करने में थोड़ा विलंब किया, यह कहते हुए कि 'हाँ, मैं करता हूँ, कल करता हूँ, परसों करता हूँ।' फिर एक दिन काम पूर्ण हुआ देखकर, टालनेवाले इंसान को लगता है, 'कितना अच्छा हुआ जो मैंने टाला और काम हो गया, मुझे करना भी नहीं पड़ा।' नतीजन उसमें एक खूबसूरत बहाना बनाने की आदत विकसित होती है। फिर उसके द्वारा विलंब करने के बहाने बढ़ने लगते हैं और वह उसमें माहिर हो जाता है। ऐसे में उसे लगता है कि 'मैं कितना बुद्धिमान हूँ' मगर असल में वह क्या कर रहा है? वास्तव में वह अपने लक्ष्य के विरुद्ध काम कर रहा है, उसे पता ही नहीं है। एकाध बार किसी से कोई काम न हो तो ठीक है। मगर विलंब करके कामों से बचने की आदत ही पड़ जाए तो खुद को तुरंत पकड़ें कि 'मेरे अंदर यह वृत्ति तैयार हुई है', इस वृत्ति से इनकार न करें। परिणामतः आप बिना विलंब कार्य करना सीखेंगे। इस तरह के प्रयोग कर लेने के बाद आपमें अच्छी भावना जागृत होगी और विश्वास जगेगा कि 'मैं हर काम कर सकता हूँ।'

जैसे विद्यार्थी परीक्षा के दिनों में अधिक पढ़ाई करके, अपना पाठ्यक्रम पूर्ण कर लेते हैं। फिर उन्हें आखिरी हफ्तों में लगता है कि 'अगले साल मैं शुरू से ही पढ़ाई करूँगा। यदि आखिरी दिनों में मैं इतनी पढ़ाई कर सकता हूँ तो शुरू से ही क्यों नहीं कर रहा था?' मगर दूसरा साल शुरू होने से पहले बीच की छुट्टियों में वे यह शिफ्टिंग भूल जाते हैं। फिर अगले साल विद्यार्थी वही आदत जारी रखते हैं और कहते हैं, 'आखिरी दिनों में पढ़ाई करके भी यदि अच्छे प्रतिशत अंक प्राप्त किए जा सकते हैं तो फिर सालभर पढ़ने की क्या ज़रूरत है?' मगर उन्हें पता नहीं है कि इस आदत की वजह से वे जीवन में कितने दुःखों से गुज़रनेवाले हैं। अभी वे इस बात से अनभिज्ञ हैं कि उनमें आखिरी क्षण कार्य करने की आदत विकसित हो रही है। ऐसे में प्रारंभ से ही किए गए कार्य कितने खूबसूरत और बेहतर परिणाम ला सकते हैं, यह वे कभी जान ही नहीं पाएँगे। आखिरी क्षणों में पढ़ाई करनेवाला विद्यार्थी इस बात की गहराई पकड़ नहीं पाएगा कि प्रारंभिक दौर से कार्य करने की आदत उसे जीवनभर सफल परिणाम देगी।

विलंब करनेवाला कोई कलाकार, वैज्ञानिक या इंजीनियर हो तो उस क्षेत्र की वह कभी गहराई जान नहीं पाएगा। अगर वह आखिरी क्षण में कार्य करके कामयाबी

पाता रहा है तो यह सूत्र उसके जीवन में परम लक्ष्य की प्राप्ति में बाधा बनेगा। अगर आपमें ऐसी आदत है तो पहले सुन लें, इनकार न करें कि 'हमारे साथ तो ऐसा नहीं है।' अगर है तो उसे आप कैसे दूर करें, इस पर सोचें। यह आदत दूर होगी तो अगला कदम आप आसानी से ले पाएँगे, आपको कोई भी चीज़ रोक नहीं पाएगी। आइए, समझें कि इस आदत को दूर कैसे किया जाए।

**टालने को टालें**

'टालने को टालें' इसके लिए यह समझ रखें, 'सुनार का हथौड़ा लेकिन अब।' सुनार का हथौड़ा बहुत छोटा होता है परंतु बहुत काम का होता है। इसी तरह जो काम आप टाल रहे हैं उसमें आपको यह पंक्ति अपनानी है कि 'सुनार का हथोड़ा लेकिन अब।' इसका अर्थ है कि भले ही उस कार्य का थोड़ा कार्य करें लेकिन आज ही करें।

काम को टालने की बजाय टालने की आदत को टालें। कार्य का छोटा हिस्सा ही सही लेकिन उसे आज ही पूर्ण करें। जैसे, कार्य से संबंधित लगनेवाली सामग्री लाकर रखना, एक छोटासा कार्य है। इस तरह एक छोटासा उठाया गया कदम आपकी सुस्ती पर प्रहार कर सकता है। आपको लक्ष्य की ओर आगे बढ़ा सकता है। इस तरह जिन लोगों ने थोड़ा काम किया मगर आज किया तो उन्होंने कार्य समय पर, सही ढंग से पूर्ण होने का रहस्य जान लिया। जो लोग काम कल पर टालते रहते हैं, उनके काम भी टलते रहते हैं। ये छोटे-छोटे हथौड़े भी बहुत काम के हैं।

आपमें टालने की आदत न निमर्ण हो इसी लिए स्वयं को बताएँ, 'थोड़ा (सुनार का हथौड़ा) ही सही लेकिन आज।' यह वाक्य आपको सुस्ती से मुक्त होने में बहुत मदद करेगा।

जिस तरह सुनार हथौड़े के हलके-हलके घावों से गहने को आकार देता है, उसी तरह ये छोटे-छोटे कदम हमारे जीवन को आकार दे सकते हैं।

आपने एक कहावत सुनी होगी, "A stitch in time saves nine' (ए स्टिच इन टाईम, सेव्स नाइन) इसका अर्थ यह है कि थोड़ी सी फटी हुई ड्रेस पर यदि समय रहते एक टाँका लगाया जाए तो अगले नौ टाँके लगाने से बचा जा सकता है। वरना इंसान कहता है, 'फलाँ ड्रेस थोड़ी सी ही तो फटी है, ठीक है, देखते हैं' और वह फटे हुए टुकड़े को सीने से टालता रहता है। कुछ समय के बाद वह देखता है कि

ड्रेस ज़्यादा फट गई, जिसे ठीक करने में अब उसे ज़्यादा टाँके लगाने पड़े। देखें, ऐसी आदत आपमें न पड़े। यदि आपमें कोई वृत्ति बन रही है तो अभी से ही उस पर थोड़ा-थोड़ा काम कर, उससे मुक्त हुआ जा सकता है। अगर वृत्ति बड़ी हो गई तो उस पर बहुत ज़्यादा काम करना पड़ेगा।

अकसर इंसान गलत आदतें बनाता है फिर उसे तोड़ता है, इसी में उसकी पूरी ज़िंदगी बीत जाती है। आपके साथ ऐसा न हो इसलिए समय रहते सजग हो जाएँ। साथ-ही-साथ अपने बच्चों में भी यह आदत बचपन से ही डालें।

# खण्ड २
## आलस्य से मुक्ति के १४ कदम

लोगों में शक्ति की नहीं, इच्छाशक्ति की कमी होती है।
- विक्टर ह्यूगो

कुछ प्रलोभन मेहनती लोगों के सामने भी आते हैं लेकिन आलसी लोगों पर तो सभी तरह के प्रलोभन हमला कर देते हैं।
- स्परजन

मेहनत से दौलत बढ़ती है, आलस से गरीबी।
- तिरुवल्लुवर

## अध्याय ७

# सच्चाई को अस्वीकार न करें
## आलस्य से मुक्ति का पहला कदम

किसी को अगर बताया जाए कि 'तुम पर तमोगुण हावी है' तो वह नहीं मानेगा। यह अस्वीकार, इनकार ही उसकी मुक्ति में सबसे बड़ी बाधा है। इसलिए सबसे पहले अपने तमोगुण को, अपनी सुस्ती को स्वीकार करना आवश्यक है। सिर्फ सिद्धांत समझना काफी नहीं है। सिद्धांत जीवन में कार्य करे, इसके लिए बात को और गहराई से जानना आवश्यक है।

आइए, अब सुस्ती से मुक्ति के चौदह महत्वपूर्ण कदमों को समझते हैं। इनमें से जो कदम आपको अपने लिए उचित लगते हैं, उन्हें अपनाकर आप सुस्ती से मुक्ति की ओर बढ़ सकते हैं।

### पहला कदम - सच्चाई स्वीकार करें, खुद से न छिपाएँ

सुस्ती से मुक्ति में पहला कदम है 'स्वीकार'। सबसे पहले तो आपका शरीर लंबा, ठिंगना, काला, मोटा, पतला, जैसा भी है उसे स्वीकार करें। आपका शरीर तमोगुणी, मन रजोगुणी और बुद्धि सत्वगुणी है तो पहले स्वीकार करें। क्योंकि स्वीकार करने के साथ आपके दोनों हाथ खुलते हैं, जिससे समाधान पर कार्य करना आसान हो जाता है। अस्वीकार- अवरोध बनकर आपको कार्य करने से पीछे खींचता रहता है।

जब आप अस्वीकार करते हैं तो उसकी वजह से मानो आपका एक हाथ बँध जाता है। फिर खुलकर समाधान पर कार्य न कर पाने की वजह से सुस्ती बनी रहती है। इसलिए शुरुआत स्वीकार से करें।

आपके शरीर में कुछ दुःखद, नकारात्मक यादें जमा हैं, उन्हें भी स्वीकार करें। उसके लिए किसी पर दोष न लगाएँ। न किसी रिश्तेदार पर, न कुदरत पर और न ही ईश्वर पर।

जो भी आपको मिला है, उसे ईश्वर का तोहफा समझकर स्वीकार करें। यह आपको दिया गया है क्योंकि आपमें उसे ठीक करने की काबिलीयत है। आपके शरीर में जो भी तकलीफ है, बीमारी है, वह आपको इसलिए दी गई है क्योंकि उसे ठीक करने की शक्ति आपको पहले से ही दी गई है। कुछ लोग अपनी बीमारी को भी दूसरों के लिए निमित्त बनाते हैं और उसमें खोज करके ऐसी दवाई खोजते या बनाते हैं, जो आगे कई लोगों को उस बीमारी से राहत दिलाती है। इसके लिए अपनी परेशानियों, तकलीफों और बीमारी को अलग नज़रिए से देखने की आवश्यकता है। यह तभी संभव है, जब आप उन्हें स्वीकार करते हैं।

इतना ही नहीं बल्कि हर शिक्षक, हर डॉक्टर उनके शरीर की बीमारियों, तकलीफों को इसी समझ के साथ देखे कि उन्हें ये इसलिए दी गई हैं ताकि इन पर खोज करने के बाद जो भी समाधान आए, वह औरों के मंगल के लिए हो। जब वे इन्हें निमित्त करके देखेंगे तब उनके लिए कार्य करना सहज होगा, आनंद देगा। वरना तो हर तकलीफ पर मानसिक परेशानियाँ बढ़ती ही जाती हैं। इसलिए सबसे पहले उन्हें देखने का नज़रिया बदलें।

किसी को कहा जाए कि 'आपके अंदर ईर्ष्या है' तो इंसान नहीं मानेगा। कोई बाहर से भले ही इनकार करे लेकिन अंदर अपने आपसे तो ईमानदारी से बात करे। अपने आपसे पूछे, 'क्या वाकई मुझमें ईर्ष्या है?' सामनेवाले की बात को तो तुरंत नकार दिया लेकिन खुद से छिपाने की आवश्यकता नहीं है।

अगर कोई खुद से भी यह छिपाए कि 'नहीं, मेरे अंदर कहाँ ईर्ष्या है? मैं किसी से ईर्ष्या क्यों करूँ?' तो उसका ठीक होना मुश्किल है। जो खुद से न छिपाते हुए जैसा है वैसा स्वीकार करता है, खुद से ईमानदार रहता है, उसका ठीक होना संभव है।

जब कोई पहेली देकर सामनेवाले को सही जवाब देने के लिए कहता है तो कुछ लोग तो तुरंत कह देते हैं कि 'मुझे जवाब नहीं मालूम है, आप ही बता दें।' यानी वे अपनी बुद्धि का उपयोग नहीं करना चाहते। जबकि कुछ लोग उस पहेली के बारे में सोचना चाहते हैं। वे सामनेवाले से कहते हैं, 'रुकें, मुझे इस पर थोड़ा सोचने दें। यदि मैं जवाब नहीं दे पाया तो आप मुझे सही जवाब बताएँ।'

उपरोक्त उदाहरण से समझें कि आपकी बुद्धि कैसी है। उसमें तम ज़्यादा है, रज ज़्यादा है या सत्व? विवेक का बुद्धि पर कितना असर है? मन कैसा है? कहाँ वह कुतर्क देकर फँसाता है? मन के ये तर्क-कुतर्क हैं या सुतर्क हैं, यह देखें। ये कुतर्क क्या सचमुच आपकी मदद करते हैं, यह अवश्य सोचें। जब आपको अपना ही दर्शन होगा तब उसे स्वीकार करके समस्या पर कार्य करना संभव होगा।

कुछ लोग खुद को बचाने के लिए कुतर्क देते रहते हैं। इस तरह वे अपने ही साथ फरेब करते हैं। कुतर्क में फँसे लोग न अपनी सुस्ती को स्वीकार करते हैं और न ही उससे मुक्त हो पाते हैं, जिससे जीवनभर वे तमोगुण के ही अधीन रहते हैं। इसलिए जब भी मन कुतर्क दे तब ज़रूर सोचें। जब आपको यह समझ में आएगा कि ये कुतर्क आपकी मदद करने के बजाय आपको तमोगुण में धकेल रहे हैं तब कुतर्क देकर अपने आपको धोखा देना खुद-ब-खुद बंद हो जाएगा।

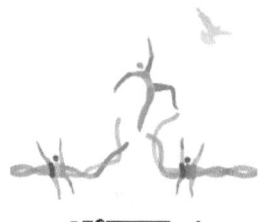

अध्याय ८

# हर काम पूरा करने की कला

## आलस्य से मुक्ति का दूसरा कदम

सुस्ती से मुक्ति की तरफ बढ़ते हुए हमें यह भी समझते जाना है कि हमारी सुस्ती के पीछे का कारण क्या है? जब इस पर मनन होगा तो सही कदम उठाकर हम सुस्ती से मुक्त हो पाएँगे।

कुछ लोगों में शारीरिक कमी के कारण भी सुस्ती हावी होती है। जैसे किसी में मिनरल्स की कमी हो तो शारीरिक दुर्बलता उसे कार्य करने में उत्साह प्राप्त नहीं होने देती इसलिए सुस्ती उस पर छाई रहती है।

कुछ लोग असमंजस की वजह से सुस्त रहते हैं, उनकी समझ में नहीं आता कि जीवन में करना क्या है।

इन सभी कारणों के चलते आपको स्वयं के साथ ईमानदारी से मनन करना होगा कि 'मेरी सुस्ती की वजह क्या है?'

आइए, अब दूसरे कदम की ओर बढ़ते हैं।

कुछ लोग सोचते हैं कि जो काम उन्हें पसंद है, वही वे करेंगे। वैसे यूँ भी हो सकता है कि जो कार्य आप कर रहे हैं, पहले उसे आप पसंद करें। यह सुस्ती से मुक्ति का दूसरा कदम है। आपकी नापसंदगी आपके अंदर अवरोध पैदा करती है,

जिससे कार्य करने की ऊर्जा छिन जाती है और नतीजन सुस्ती छा जाती है। इसलिए जो कार्य करना है, पहले तो उसे पसंद करें। किसी पार्टी में जाना है और पार्टी में जाना आप पसंद नहीं करते तो खुशी से जाएँ, रो-धोकर नहीं।

अब इस कदम से संबंधित 'जीरो सूत्र' को समझें।

पहले बताया गया, 'जो काम पसंद है, वह करें।'

दूसरा, 'जो कर रहे हैं, उसे पसंद करें।'

फिर तीसरा है, जीरो सूत्र - 'न पसंद, न नापसंद, के.वाय.के. बुलंद।' के.वाय.के. (KYK) का अर्थ है, करने योग्य कर्म। कुछ कर्म ऐसे होंगे, जो आपको पसंद नहीं हैं और कुछ कर्म ऐसे होंगे जो आपको पसंद हैं। तीसरा कदम आपको पसंद-नापसंद के परे जाकर 'करने योग्य कर्म' करना सिखाता है।

जीरो सूत्र कहता है- 'न पसंद, न नापसंद, के.वाय.के. बुलंद।' इसका अर्थ है कि जो लोग पसंद-नापसंद से थोड़ा ऊपर उठते हैं वे योग्य कर्म की बात समझ पाते हैं। फिर वे पसंद-नापसंद के परे जाकर कार्य के प्रति ज़िम्मेदार बनते हैं।

जब आप पर कोई बड़ी ज़िम्मेदारी नहीं है तब जो कार्य आपको पसंद हैं, वे अवश्य करें। आप वही पेशा अपनाएँ, जो आपको पसंद है। शुरू-शुरू में इंसान उन्हीं कार्यों को करना चाहता है, जो उसे पसंद हैं।

किसी को कहा जाए कि 'सुबह पाँच बजे उठकर व्यायाम करो। सेहत के लिए व्यायाम आवश्यक है।' परंतु जिसे व्यायाम करना पसंद नहीं है वह कहेगा, 'नहीं, मैं सुबह पाँच बजे नहीं उठ सकता।' उसे अगर बताया जाए कि 'सुबह पाँच बजे उठकर अपनी पसंदीदा उपन्यास पढ़ो।' तो वह खुशी-खुशी सुबह उठने को राज़ी होगा।

शुरुआत में यह सब ठीक है मगर जैसे-जैसे आप आगे बढ़ते हैं तो कर्म के प्रति आपकी समझ बढ़ती है। फिर आप कार्य करने से पहले पसंद-नापसंद के बारे में नहीं सोचते बल्कि यह सोचते हैं कि 'इस वक्त की ज़रूरत क्या है?' फिर आप वही करते हैं। उस कार्य को करने की प्रेरणा आपको अंदर से मिलती है। जो गैर ज़िम्मेदार लोग होते हैं वे कार्य को टालते रहते हैं या फिर दूसरों पर धकेल देते हैं। जो ज़िम्मेदारी लेते हैं, वे करने योग्य कर्म करते हैं।

कहीं बाढ़ आ गई है, कुछ काम अटक गया है, कोई चीज़ गिरकर टूट गई है, बच्चे नहीं मान रहे हैं, कुछ नुकसान हुआ है, जाना कहीं और था लेकिन कहीं और पहुँच गए हैं तो ऐसे में आप खुद से यह सवाल ज़रूर पूछें, 'अब करने योग्य कर्म क्या है?' ऐसे समय पर पहले तो शांत रहना, धीरज रखना ही करने योग्य कर्म है। क्योंकि जब आप शांत रहते हैं तब आपको अंदर से सही मार्गदर्शन मिलता है। ऐसे लोग ही शांत रहकर, धीरज रखकर स्वयं से सही सवाल पूछ पाते हैं।

जब तक यह अवस्था नहीं आती, तब तक लोग पसंद-नापसंद के खेल में उलझे रहते हैं। यह अवस्था आने तक लोगों को वही कार्य करने दिया जाता है, जो वे करना चाहते हैं ताकि कार्य शुरू हो पाए। जब कोई कार्य शुरू होता है तब उसमें नए आयाम जुड़ते हैं। जब आप कार्य करना शुरू करेंगे, नई-नई चीज़ें देखेंगे, उनसे कुछ सीखेंगे तब नए कार्य करने की प्रेरणा आपके अंदर जगेगी।

फिर जो कार्य आप कर रहे हैं, उसे पसंद करना सीखें। यह होने के लिए उस कार्य के प्रति आपका जो दृष्टिकोण है, उसे बदलना होगा।

सुबह अखबार बाँटनेवाला भी अपने कार्य को इस दृटिकोण से देखे कि 'चाय के साथ अखबार पढ़कर लोगों को सुबह-सुबह समाधान मिलता है, खुशी मिलती है, उन्हें दुनियाभर की जानकारी और खबरें मिलती हैं।' यह दृष्टिकोण उसे कार्य का आनंद देगा। अगर वह ऐसी सोच रखे कि 'मैं लोगों के घर में रद्दी फेंककर आता हूँ और लोग भी मूर्ख हैं, रद्दी को वे खुशी से लेते हैं।' तो क्या वह अपने कार्य का आनंद ले पाएगा? नहीं।

आप भी अपने कार्य को एक नए दृष्टिकोण से देखना शुरू करें, जिससे आपको अपना कार्य पसंद आने लगे।

पसंद-नापसंद, अच्छा-बुरा, पाप-पुण्य, मान-अपमान, लाभ-नुकसान, निंदा हो या तारीफ, इस खेल से ऊपर उठें। जब यह होने लगेगा तो जीरो सूत्र आपके जीवन में काम करने लगेगा।

## अध्याय ९

# स्वयं से सही सवाल पूछें
### आलस्य से मुक्ति का तीसरा कदम

आलस्य या सुस्ती से मुक्ति के इस कदम में आपको स्वयं से सही सवाल पूछने की आदत डालनी है। हमेशा अपने आपसे सही सवाल पूछें। यदि आपका कोई कार्य करने का मन नहीं कर रहा है या आपको कार्य कठिन लग रहा है तो पहले खुद से सवाल पूछें, 'क्या मैं अपने आपसे सही सवाल पूछता हूँ?' जवाब में आपको पता चलेगा कि आप खुद से सही सवाल नहीं पूछते।

मान लें, आपने किसी विद्यार्थी से कहा, 'तुम्हें फलाँ चीज़ खरीदकर लानी है' तो वह कई बहाने बनाता है, 'मेरा स्कूल जाने और दुकान खुलने का समय एक ही है तो मैं कैसे ला सकता हूँ?' अप्रत्यक्षतः विद्यार्थी यही कह रहा है कि 'यह काम मैं नहीं कर सकता।' इस परिस्थिति में आपको भी लगेगा, सचमुच, बताया हुआ कारण कितना सही है। विद्यार्थी के स्कूल जाने और दुकान खुलने का समय एक ही है तो इसमें भला वह क्या कर सकता है? स्कूल में समय पर पहुँचना विद्यार्थी के लिए अनिवार्य है। विद्यार्थी, स्कूल में देरी से जाना टाल नहीं सकता वरना सजा मिलेगी। ऐसे में किसी भी विद्यार्थी को सही समय पर स्कूल जाने का पर्याय ही दिया जाएगा।

लेकिन यदि विद्यार्थी ने खुद से सही सवाल पूछा होता कि 'मेरे स्कूल जाने और दुकान खुलने का समय एक होने के बावजूद भी यह काम मैं कैसे कर सकता

हूँ?' सिर्फ सही सवाल पूछने पर उसे विकल्प मिलने शुरू हो जाते हैं। जैसे विचार आए कि क्या वापसी में दुकान खुली रहती है? किन दिनों पर दुकान का अलग समय हो सकता है? स्कूल के ही रास्ते पर किसी और दुकान में भी वह चीज़ मिल सकती है? इत्यादि। इस तरह सही सवाल पूछते ही आपको ऐसे विकल्प मिलने लगेंगे, जो उस समस्या का हल निकालते हैं।

लोगों को जब भी कोई नया काम दिया जाता है तब वे अकसर काम न होने के कारण बताते हैं। जैसे किसी से कहा जाए, 'फलाँ पुस्तक का मुखपृष्ठ (जिल्द) ऐसा रचनात्मक हो सकता है।' तब सोचने से पहले ही सामनेवाले का जवाब आता है, 'नहीं, यह नहीं हो सकता।' उसका यह कहना ही बता रहा है कि अभी वह नौसिखिया है। हालाँकि वह खुद को निपुण कलाकार (एक्सपर्ट आर्टिस्ट) मानता है लेकिन खुद को वह जो भी मान रहा है, वैसा वह नहीं है। क्योंकि जो निपुण होते हैं, वे कभी ऐसा नहीं सोचते कि 'यह नहीं हो सकता।' उन्हें ऐसे विचार ही नहीं आते। वे सोचते हैं, 'यह काम दस तरीकों से हो सकता है, मुझे उनमें से एक तरीका ढूँढ़ना है।' अंततः वे सिर्फ एक तरीके पर निर्भर नहीं रहते बल्कि दस तरीकों से सोचने लगते हैं। आवश्यकता है केवल स्वयं से सही सवाल पूछने की आदत डालने की।

जब भी मन कहे, 'यह काम नहीं होगा, यह संभव नहीं है, असंभव है' तब तुरंत असंभव शब्द को बाजू में रखकर, 'संभव' शब्द को अपने विचारों में डालने के बारे में सोचें। वरना आज तक असंभव शब्द को इतना महत्त्व दिया गया है कि थोड़ा अलग तरह का काम आते ही मन में झट से विचार आता है, 'यह नहीं हो सकता... यह असंभव है।' इससे संबंधित हकीकत जानेंगे तो आप मानेंगे कि विश्व में वे ही कार्य सराहे गए हैं, जहाँ पर लोगों ने थोड़ासा अलग ढंग से सोचा और वे कार्य संभव होकर, संपन्न हुए।

आज की युवा पीढ़ी को इस विषय पर मार्गदर्शन मिलना बहुत ही आवश्यक है। इस विषय पर उन्हें स्वयं मनन करना होगा। वरना किसी और के बताने पर इंसान में अवरोध उत्पन्न होता है। उसी के अंदर से जवाब आने पर उसकी सिकुड़न कम होने लगती है।

विश्व में आश्चर्यजनक निर्माण कार्य का कारण है 'संभव' शब्द। कुछ लोगों ने बड़े-बड़े पुल बनाए। हालाँकि बीच में पहाड़ देखकर कुछ लोगों ने कहा, 'इस

पहाड़ के कारण यहाँ पुल बनना संभव नहीं है।' मगर कुछ लोगों ने कहा, 'संभव है' और उन्होंने वह कर दिखाया इसलिए वैसी ऐतिहासिक चीज़ें बन पाईं। वे ही स्थान इतिहास में आज यादगार बन गए। कुछ लोगों ने ठान लिया इसलिए यह संभव हो पाया। उनमें आत्मविश्वास जगा, जो ऐसे ही अचानक नहीं जगा बल्कि उसके लिए वे निरंतर कार्य करते रहे। तात्पर्य- जिन कार्यों के बारे में लोग कहते रहते थे कि 'ये संभव नहीं, ये आज नहीं हो सकते', वे कार्य भी निरंतर अभ्यास से सफल हो पाए। नित्य अभ्यास करते-करते अचानक लोगों के सामने जब ऐसे ऐतिहासिक क्षण आते हैं तो उनके मुँह से निकल पड़ता है, 'आहा! यह संभव है।' उनके द्वारा ही ऐसे कार्य होते हैं, जिन्हें विश्व हर युग में याद करता है।

अतः आपको स्वयं से सही सवाल पूछने की आदत विकसित करनी होगी। इस कदम में सुस्ती से मुक्ति पाने हेतु स्वयं से सवाल पूछना बहुत महत्वपूर्ण कदम है।

सही सवाल पूछने का तरीका आपके पूरे जीवन को बदल सकता है। आपका मन जो भी कहता है, आप उसे सच मान लेते हैं। मन कहता है, 'बहुत दुःख है, बहुत परेशानी है' तो आप तुरंत दुःखी होते हैं, परेशान होते हैं। थोड़ा रुककर खुद से पूछें, 'क्या वाकई ऐसा है?' अपने मन पर इस तरह अंधविश्वास न करें। खुद से सही सवाल पूछकर सुस्ती को दूर भगाएँ।

जब भी काम न करने का मन करे, अपने आपसे सही सवाल पूछें कि 'मुझे काम करने की इच्छा क्यों नहीं हो रही है? अगर यही काम करने के लिए कोई मुझे एक लाख रुपए देने का वादा करता तो क्या मैं यह कार्य करता? अगर कोई इस काम के लिए मेरे कनपट्टी पर बंदूक रख देता तो क्या मैं यह काम करता?' ऐसे में आप अवश्य काम करते थे। तो खुद से पूछें कि 'फिर अभी मैं क्यों नहीं कर रहा हूँ? मैं चाहूँ तो कर सकता हूँ।' इस तरह सही सवाल पूछते ही आपके अंदर काम करने की इच्छा जागृत होगी।

पहले आपके अंदर काम करने की इच्छा ही नहीं थी क्योंकि आपने खुद से सही सवाल पूछना सीखा ही नहीं। इसलिए जो भी विचार आता है, उसे ही सही मानकर बैठ जाते थे। अपने आपसे पूछें, 'ऐसी अवस्था महसूस करनेवाला क्या मैं पहला इंसान हूँ?' आपको यह सुनकर कोई आश्चर्य नहीं होगा कि ९०% लोगों के

साथ ऐसा होता है कि किसी दिन उनका काम करने का मन नहीं करता मगर इसके बावजूद भी वे काम करते हैं। 'बावजूद' शब्द आपको याद रखना है। खुद से पूछें, 'आज काम करने की इच्छा नहीं है मगर क्या इसके बावजूद भी मैं यह काम कर सकता हूँ?' जवाब 'हाँ' ही आएगा। सही सवाल पूछते ही आपके अंदर ऊर्जा का संचार होता है और क्रिया शुरू होती है। जो गलत सवाल पूछते हैं, उन पर सुस्ती छाई रहती है।

## अध्याय १०

# सुस्त मन की बात न सुनें
### आलस्य से मुक्ति का चौथा कदम

इस कदम में आपको अपने मन की बढ़ा-चढ़ाकर बोलने की आदत तोड़नी होगी। सुस्त इंसान का मन बहुत बढ़ा-चढ़ाकर बोलता है। ऊपर से उसे इस बात का पता ही नहीं चलता।

आइए, इस महत्वपूर्ण पहलू को एक उदाहरण द्वारा और गहराई से समझते हैं। एक इंसान अपने कार्यालय से घर आता है। घर आने के बाद उसे फिर से कुछ वस्तुएँ लाने हेतु यह कहकर बाजार जाने को कहा जाता है कि 'सुबह आपको बताना रह गया था मगर फलाँ वस्तु बहुत ही ज़रूरी है। अतः अब आप वापस बाज़ार जाकर यह ले आइए।' हालाँकि वह इंसान कार्यालय से लौटते वक्त पहले से ही बाज़ार से चार वस्तुएँ लेकर आया होता है। फिर भी उसे दोबारा बाज़ार जाने के लिए कहा जाता है। ऐसे में वह इंसान झल्ला उठता है, 'अरे! अभी-अभी तो मैं थका-हारा घर लौटा हूँ। आते हुए इतनी भीड़ से ये वस्तुएँ भी लाई हैं। अब फिर से बाज़ार जाना मेरे बस की बात नहीं है।'

जब भी कोई कहता है कि 'मेरे बस की बात नहीं' तब आपको यह पंक्ति पढ़ने में कैसी लगती है? पहले तो लगता है, 'यह बिलकुल साधारण पंक्ति है। वाकई इंसान थका-हारा घर आया है तो वापस बाज़ार जाना कहाँ उसके बस में होगा?'

इसे ही कहा गया है बढ़ा-चढ़ाकर बोलना। इस वाक्य का इस्तेमाल करने से

पहले हरेक स्वयं से ईमानदारी के साथ पूछें, 'यह मेरे बस में नहीं है तो मेरे बस में निश्चित क्या-क्या है? क्या मैं अपनी शक्तियों को पहचानता हूँ?'

उपरोक्त उदाहरण में सामनेवाला इंसान 'मेरे बस में नहीं' ऐसे कह रहा है, मान लें, जैसे उसे एक छलाँग में समुंदर पार करने के लिए कहा गया हो। उस इंसान ने जो बढ़ा-चढ़ाकर कहा कि बाज़ार में जाना उसके बस में नहीं है, यह उसकी सीमित बुद्धि का परिचायक है। इंसान के दिमाग पर बार-बार दोहराए जानेवाले ऐसे शब्दों का गहरा असर होता है।

इंसानी जीवन के साथ यही तकलीफ बन जाती है कि वह जो सोचता है, वह बोल देता है और जो बोलता है, उसे ही सत्य मान लेता है। इंसान जब ईमानदारी से सोचेगा तब उसके सामने नया आयाम खुलेगा। तुरंत ना कहने से पहले एक बार वह सोचेगा, 'क्या वाकई में बाज़ार जाना असंभव है? या मैंने इतना बढ़ा-चढ़ाकर कहकर उसे ही सच मान लिया।'

इंसान के बढ़ते हुए दुःखों के कारणों में एक है बढ़-चढ़कर बोलना। सोचकर देखें, कई बार घटना बहुत ही सीधी-सादी होती है जैसे कि किसी ने एक वस्तु उठाकर उसकी जगह पर नहीं रखी। किंतु ऐसी घटना में सामनेवाला कहता है, 'उसने मुझे धोखा दिया।' इंसान का अनुमान यहाँ तक सीमित न रहकर, इसके अतिरिक्त वह और भी कई सारी बातें बोल देता है, जैसे, 'उसने मेरी पीठ में छुरा भोंका... वह मतलबी है... बेईमान है' इत्यादि।

जब भी सुस्ती को बचाने की कोशिश की जा रही हो तब मन की बड़बड़ को पकड़ें। वरना आप मकड़ी की भाँति अपने ही मुँह से निकाले गए जाल (शब्द) में फँस जाएँगे। इसलिए खबरदारी बरतें, अपने मुँह से कोई शब्द निकालने से पहले खुद को ईमानदारी से पूछें, 'क्या वाकई यह असंभव है?' इसका अर्थ यह भी न निकालें कि ऊपर दिए गए उदाहरण में उस इंसान को बाज़ार जाना ही चाहिए। वह इंसान बाज़ार गया या नहीं गया, इसके विस्तार में न जाएँ बल्कि इसमें छिपे आशय का तात्पर्य समझें। यह बहुत ही मुख्य पहलू है, जिस पर आज तक कभी इतना गौर किया नहीं गया। इंसानी मन की बढ़ा-चढ़ाकर बोलने की आदत के कारण ही आज विश्व में कितनी चीज़ें आने से रुक गई हैं इसलिए इसका टूटना ज़रूरी है। जब इंसान अपने ही अंदर से घोषणा कर देता है कि 'यह असंभव है' तब वह आगे की सारी संभावनाओं को बंद कर देता है। ऐसे में याद रखें कि आपको आगे की संभावनाओं

को बंद न करते हुए, उन्हें हमेशा खुला रखना है। हर इंसान में बहुत सी शक्तियाँ हैं, उसके बस में बहुत कुछ है मगर उसने कभी अपनी शक्तियों को जाँचा ही नहीं, बस! उससे यही गलती हुई है। जब इंसान यह जाँच करेगा कि उसके बस में कौन-कौन सी बातें हैं तब उसे पता चलेगा कि 'अरे! यह तो संभव था... और यह भी संभव था...।' ऐसी अनेकों संभावनाओं के बारे में इंसानी मन सोच पाए इसलिए गलत वृत्तियों से मुक्ति पाना बहुत आवश्यक है।

आपके अंदर जब भी किसी घटना को लेकर कोई विचार आता है कि 'यह मेरे बस में नहीं है' तब आपके अंदर के विचार ही काम करते हैं।

## स्वयं को स्व-सुझाव दें

मन जब अपनी घोषणा करता है तब आपको अपनी घोषणा करनी है। इस तरह आप मन की सुनने के बजाय अपनी बात सुन पाएँगे। अपनी घोषणा आप स्व-सुझाव देकर कर सकते हैं।

जब आप खुद को बढ़ा-चढ़ाकर कुछ बोलते हैं या बताते हैं कि 'फलाँ कार्य करना संभव नहीं है' तब असंभव के विचार ही बाधा बनते हैं और शरीर में तमोगुण बढ़ाते हैं। इसलिए अब ऐसे विचारों को बदलकर, स्वयं में नए स्व-सुझाव देंगे कि *'सब संभव है, फलाँ कार्य असंभव होने के बावजूद भी इसका थोड़ा हिस्सा तो मैं कर ही सकता हूँ, आनंदित रह ही सकता हूँ।'* इस तरह आप कई स्वसुझावों की मदद ले सकते हैं। स्वसुझाव कैसे दिए जाएँ, आइए इसे समझते हैं।

आप जो भी कहते हैं, शरीर उसे सुनता है। इसलिए आज से ही खुद को अच्छे स्व-सुझाव देना शुरू करें। जैसे-

*'मैं सब कर सकता हूँ',*

*'मैं स्वस्थ हूँ',*

*'मैं चेतन हूँ',*

*'मैं साहसी हूँ',*

*'मैं हर कार्य समय पर कर सकता हूँ',*

'मेरा जीवन उत्साह से भरपूर है',

'मैं चुस्त हूँ',

'हर दिन, हर तरीके से मेरा मन और शरीर बेहतर हो रहे हैं',

'हर ओर ईश्वर की शाश्वत शक्ति मेरा मार्गदर्शन कर रही है' आदि।

स्व-सुझावों की मदद से आप ठोस चरित्र का निर्माण कर सकते हैं, व्यक्तित्व का विकास कर सकते हैं, सफलता पा सकते हैं और अपने जीवन का कायाकल्प कर सकते हैं। जब भी आप खुद को स्व-सुझाव दें तो इन कदमों का अनुसरण करें:

अपने शरीर को ढीला छोड़ दें। सुविधानुसार बैठ या लेट जाएँ और फिर स्व-सुझाव दें। खुद को सुझाव मौन में दें। स्व-सुझाव पूरी आस्था और समझ के साथ दें। यदि संभव हो तो अपनी खुद की आवाज़ में स्व-सुझाव रिकॉर्ड करें और फिर उसे सुनें। सुझाव प्रेम और भावना के साथ धीरे-धीरे दें।

स्व-सुझाव देने से पहले और बाद में खुद से कहें, 'जो सुझाव मैं इस वक्त खुद को दे रहा हूँ उसका मेरे शरीर, मन और माहौल पर सकारात्मक असर होगा और मैं उन्हें तुरंत हासिल कर लूँगा।'

सुर और लय के साथ दिए गए सुझावों से अधिक तीव्र परिणाम मिलते हैं। इसलिए दिनभर में आपके मन में जो भी सुझाव आएँ, उन्हें गुनगुनाकर कहें।

आलस को जीतने के लिए एक स्व-सुझाव की सलाह दी जाती है, जो इस प्रकार है, 'मैं हमेशा सक्रिय, ऊर्जावान और उत्साही रहता हूँ।' अगर आप काम समय पर पूरा करना चाहते हैं तो आप यह सुझाव भी दे सकते हैं, 'मैं पूर्ण हूँ और पूर्ण से हर काम पूर्ण होता है।'

इस तरह असंभव लगनेवाले कार्यों के प्रति अपना दृष्टिकोण बदलें और स्वयं को नए विचार दें। जिसके फलस्वरूप आप महसूस करेंगे कि आपकी प्रतिक्रिया नकारात्मकता से सकारात्मकता में परिवर्तित होकर, मन की बढ़ा-चढ़ाकर बोलने की आदत टूट रही है।

## अध्याय ११
# नापसंद, मुश्किल व बोरिंग कामों को क्यों और कैसे करें
### आलस्य से मुक्ति का पाँचवाँ कदम

किसी सुस्त, आलसी इंसान की दिनचर्या देखेंगे तो पता चलेगा कि वह घर की बिखरी हुई अव्यवस्था को देखकर सोचता है, 'अभी यह होना बाकी है... वह होना बाकी है... फलाँ चीज़ें लाना बाकी है... फलाँ चीज़ें फेंकना बाकी है...।' फिर वह अपने बहानों के पिटारे से कोई ऐसा कारण खोजकर निकालता है, जिससे वह खुद को जवाब दे देता है और राहत पा लेता है। फिर वह दोबारा अपने दैनिक कार्यों में लग जाता है। इसी तरह उसका पूरा जीवन चलता है।

यदि आप इस तरह का जीवन नहीं चाहते तो आपको मनन कर, खोज करनी होगी। अपने शरीर में स्थित आलस्य को दूर करने के लिए कुछ कदम उठाने होंगे। जो लोग इस आदत से मुक्त हो चुके हैं, वे अपने अनुभव कुछ इस तरह से बताते हैं कि 'पहले हम भी इसी तरह सुस्ती और आलस्य के चलते अपने कामों को टाला करते थे। फिर प्रस्तुत विषय पर मार्गदर्शन पाकर, इस आदत पर कार्य होना प्रारंभ हुआ और जीवनशैली में बहुत सुधार हुआ। अब हर रात सोते वक्त खुद से सवाल पूछते हैं कि सोने से पूर्व मैं कौन सा एक और अन्य कार्य कर सकता हूँ? जवाब में आता है, एक और छोटा सा कार्य करके तो सोया ही जा सकता है और वह कार्य किया जाता है। इस तरह जिस काम को कल करने की सोच रहे थे, वह आज ही निपटाकर सोते हैं।'

## आलस्य से मुक्ति के नए कदम - 56

सुस्ती से मुक्ति पाने की यह युक्ति काम को कल पर टालने की आदत, वृत्ति पर कड़ा प्रहार है। इससे प्रेरणा पाकर आप तम की आदत से मुक्त हो सकते हैं। परंतु इस मजबूत आदत में दरार डालने के लिए इस पर आपको लगातार प्रहार करने होंगे। इससे एक दिन आप महसूस करेंगे कि आपके शरीर में स्थित आलस्य समाप्त हो गया है। फिर जितना तम आवश्यक होगा, उतना ही शेष रहेगा, जिसका आप बिना किसी चिपकाव के सही उपयोग कर सकेंगे। इस प्रकार आपके जीवन की गाड़ी आनंदित यात्रा करेगी।

कार्य को सही ढंग से करने के लिए सामान्य ज्ञान (कॉमन सेंस) का होना बहुत ज़रूरी है। 'काल करे सो आज कर' कहेंगे तो इसका शाब्दिक अर्थ हुआ कल का काम आज खत्म करना है। लेकिन जब आपको पता चलता है कि आज आपके पास काम को सही ढंग से करने के लिए पर्याप्त जानकारी नहीं है तो आप पर्याप्त जानकारी मिलने तक कार्य को स्थगित करने का निर्णय लेंगे, जो सही निर्णय होगा। यही सामान्य ज्ञान है।

जैसे यदि आप संगीतवाद्य की एक-एक चाभी दबा रहे हैं। अगली चाभी दबाने का समय अगर कल है तो उसे आज नहीं दबाएँगे। ऐसे में मधुर संगीत का निर्माण होगा जिससे आपको आनंद आएगा। ठीक ऐसे ही आप कार्यों को समझकर करेंगे कि कब क्या करने की आवश्यकता है तो आपको कार्य का स्वाद आने लगेगा। फिर आप सहजता से अपने शरीर से काम करवा पाएँगे। इस प्रक्रिया में फिर आप बोरिंग काम भी कर गुज़रेंगे। कहने का अर्थ है कि हर बार ऐसा संभव नहीं है कि जब आप काम कर रहे हों तब शरीर को सभी काम पसंद आएँ। ऐसे कई सारे काम होंगे, जो आपको पसंद नहीं आएँगे। जो लोग नापसंद कार्य को टालते रहते हैं और केवल पसंद आनेवाले कार्य ही कर डालते हैं, वे बाहर से तो बहुत चुस्त लगते हैं मगर नापसंद कार्य आते ही उनकी सुस्ती नज़र आने लगती है। नापसंद कार्यों को वे टालते रहते हैं, उसमें विलंब करते रहते हैं। यह उन्हें पता ही नहीं चलता। इसलिए अपने आपमें यह आदत डालें कि पसंद न आनेवाले कार्य को भी हम कैसे कर पाएँ।

उदा. जैसे किसी को स्टेज पर बोलना अच्छा लगता है मगर उसे स्टेज पर बात करने से पहले हॉल में दरी बिछाना, कुर्सियाँ लगवाना, बोर्ड पर कुछ लिखना, लोगों के नामों की सूची बनाना इत्यादि छोटे-छोटे कई सारे कार्य, जो करने ज़रूरी हैं, वे

पसंद नहीं आते। ऐसे में वह सोचता है कि 'ये कार्य मुझसे नहीं होंगे।' इसका अर्थ है कि अभी वह पूरी तरह से तैयार नहीं है। अतः अपने शरीर को ऐसी आदत डालें कि लक्ष्य में भले ही नापसंद कार्य आए तो भी शरीर उसे कर गुज़रे, कोई बहाना न दे। अगर ऐसा होता है तो आप सही जा रहे हैं वरना आपके लक्ष्य में एक भी गलत वृत्ति बाधा बन सकती है। आप खुद को इस दृष्टिकोण से तैयार करें।

जब नापसंद कार्य करने का मौका मिलता है तब खुद को ये बातें याद दिलाएँ कि 'मन को प्रशिक्षण मिल रहा है, मैं इस मौके को टालूँगा नहीं।' टालने का अपराधबोध (गिल्ट) करने की ज़रूरत नहीं है, उसका सामना करना है कि कैसे इस कार्य को हम खत्म कर सकते हैं। अपने आपमें ऐसी आदत डालने से बहुत जल्द ही आपको पता चलेगा कि वह काम इतना बोरिंग नहीं था, जितना मुझे लग रहा था। उलटा ऐसे कामों को भी कैसे पसंदीदा बनाया जा सकता है, आपको ऐसी समझ मिलती जाएगी। कार्य शुरू किए बगैर ऐसी शिफ्टिंग नहीं आती है। जब लोग कार्य आरंभ करते हैं तब उस कार्य का एक-एक पहलू उजागर होने लगता है। फिर इंसान सोचता है, 'ख्वाहमख्वाह मैं इतना सोच रहा था कि यह कार्य बहुत मुश्किल होगा।'

इंसान के जीवन में कई बार कुछ ऐसी घटनाएँ होती हैं, जिस कारण उसे नापसंद कार्य करने ही पड़ते हैं तब उसे शिफ्टिंग मिलती है। उसकी बोरिंग कामों को करनेवाली आदत उपयोगी सिद्ध होती है। जिसके फलस्वरूप बोरिंग, नापसंद कार्य के दौरान वह सहजता महसूस करता है, न कि दबाव। कुदरत इंसान को हर वक्त कुछ न कुछ सीखने का मौका देते रहती है। जब कोई घटनाओं में आए दबाव के कारण भागता है कि 'कहीं मुझे यह नापसंद कार्य न करना पड़े' फिर भी परिस्थितिवश उसे वह कार्य संपन्न करना पड़ता है तब वह कहता है, 'अच्छा हुआ मैंने नापसंद कार्य किए वरना इस तरह के कामों पर मेरी मास्टरी कभी न हो पाती।'

## बोरिंग कामों को कैसे करें

बोरिंग कामों को करने का एक नियम है- 'बोरिंग लगनेवाले काम पहले करें और जिन कामों में आपको ज़्यादा रुचि है, वे बाद में करें।' आप इसे अपने जीवन का निमय बना लें। क्योंकि जिन कार्यों में आपको रुचि है, वे काम हो ही जाते हैं, उसके लिए आपको ज़्यादा सोचना नहीं पड़ता। इसलिए बोरिंग काम पहले करें।

किसी इंसान के पास दो काम हैं, एक है कि बाज़ार से जाकर घर के लिए कुछ लाना है और दूसरा व्हॉट्सएॅप पर कुछ विडियोज़् देखने हैं। जिसे बाज़ार जाना बोर लगता है वह सोचेगा कि 'पहले विडियोज़् देख लूँ, बाज़ार बाद में जाऊँगा।' और विडियो देखने में ही इतना समय गँवा देगा कि बाज़ार जाना वह टालता रहेगा। ऐसे में अगर वह यह ठान सकता है कि 'पहले बाज़ार जाकर आता हूँ, फिर विडियोज़् देखूँगा', ऐसे में उसके लिए बाजार जाना आसान होगा। वीडियोज़् तो आप रात को सोते समय देख ही सकते हैं। उसके लिए तो आप समय ज़रूर निकाल ही लेंगे, छोड़ेंगे नहीं।

बाज़ार जाना हरेक के लिए बोरिंग काम हो, ऐसा नहीं है। कुछ लोगों को बाज़ार जाना पसंद आता है। आप अपने हिसाब से देखें कि आपके लिए कौनसा काम बोरिंग है और कौनसा रोचक। फिर जो काम बोरिंग लगता है उसे पहले करें।

उपरोक्त मार्गदर्शन पर मनन कर, आप भी अपने जीवन में झाँककर देखें किन-किन कामों से आप भागते हैं? जिनसे आप भाग रहे हैं, उन्हें आज से ही पहले कर डालने की ठान लें। ऐसा कर आपके जीवन से बोरिंग कामों की सूची खत्म होकर, सारे ही कार्य आपको आनंद देनेवाले सिद्ध होंगे।

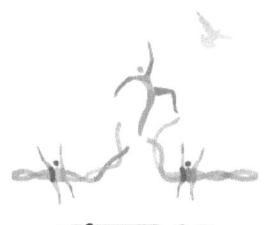

## अध्याय १२

# सुस्ती से आनेवाले परिणामों को देखें
### आलस्य से मुक्ति का छठवाँ कदम

यदि आपसे विश्व में आलस्य की वजह से हुए नुकसान पर सोचने के लिए कहा जाए तो आपके सामने बहुत सारी बातें आएँगी या हो सकता है इस पर सोचने में भी कोई आना-कानी करे। फिर आपसे कहा जाए, विश्व में हुए नुकसान पर सोचना छोड़ें, कम से कम अपने जीवन में देखें कि आलस्य की वजह से अब तक क्या-क्या हानियाँ हुई हैं? तब हो सकता है, आप इस बात को गंभीरता से लें। आइए, इसी तथ्य को सच साबित होते हुए गौर करते हैं एक काल्पनिक कहानी पर।

एक बार की बात है, एक चिड़िया जंगल में रहती थी। सुबह होते ही वह कीड़े-मकोड़ों की तलाश में भटकने लगती थी और दिनभर गाती हुई इधर से उधर उड़ती रहती थी।

एक किसान जंगल की पगडंडी से गुजर रहा था। उसने चिड़िया के सुंदर गीत की प्रशंसा करते हुए कहा, 'तुम तो बड़ा अच्छा गाती हो।' जाहिर है, अपनी प्रशंसा सुनकर चिड़िया खुश हुई और बदले में उसने पूछा, 'तुम कहाँ जा रहे हो?'

किसान ने जवाब दिया कि 'मैं इस बक्से में कीड़े भरकर ले जा रहा हूँ और इनके बदले में पास के कस्बे के बाजार से पंख खरीदूँगा।' चिड़िया ने कहा, 'तुम एक काम क्यों नहीं करते, मेरे पास बहुत सारे पंख हैं। मैं तुम्हें अपना

एक पंख दे देती हूँ और बदले में तुम मुझे कीड़ों का बक्सा दे दो। इससे मेरी मेहनत बच जाएगी और मुझे कीड़ों की तलाश में इधर-उधर भटकना नहीं पड़ेगा।' चिड़िया की बात सुनकर किसान खुशी-खुशी तैयार हो गया क्योंकि इससे उसकी भी मेहनत बच रही थी।

चिड़िया ने अपना एक पंख तोड़कर किसान को दे दिया और किसान ने उसे कीड़ों से भरा बक्सा दे दिया। चिड़िया बड़ी खुश हुई कि उसे इतनी आसानी से कीड़े मिल गए और वह मेहनत से बच गई।

अगले दिन चिड़िया फिर उसी मोड़ पर किसान का इंतज़ार करने लगी। उसे देखते ही वह तुरंत उसके पास पहुँच गई और उसे एक पंख तोड़कर दे दिया। किसान ने भी उसे कीड़ों से भरा बक्सा दे दिया। यह सिलसिला कई दिनों तक चलता रहा। आखिर एक दिन ऐसा आया, जब चिड़िया के पास एक पंख भी नहीं बचा। अब पंखों के बिना चिड़िया उड़ नहीं सकती थी और कीड़ों की तलाश भी नहीं कर सकती थी। अंत में भूखी-प्यासी और पंखविहीन होकर चिड़िया मर गई।

आलस्य के वशीभूत होने के कारण उसे यह एहसास ही नहीं हुआ था कि वह मेहनत से बचकर अपनी मौत को गले लगा रही है।

इस प्रसंग से आपको आलस्य से बचने का इशारा प्राप्त होता है। सभी जीव-जंतुओं को यह शरीर कार्य करने के लिए दिया गया है। आराम तो तभी करना चाहिए, जब शरीर थक जाए। जो इंसान आलस्य करता है और आसान रास्ते की तलाश करता है, बाद में उसे पता चलता है कि दरअसल वह आसान रास्ता नहीं था बल्कि मुश्किलों को आमंत्रित करनेवाला रास्ता था। आलस्य की वजह से ही इंसान अपना आज का काम कल पर टालता है। इसी वजह से वह मेहनत से बचना चाहता है। इसी कारण वह व्यायाम भी नहीं करना चाहता। नतीजन उसे कई रोग हो जाते हैं और उसका शरीर कमज़ोर हो जाता है। कुल मिलाकर, इंसान को आलस्य से दूर रहना चाहिए क्योंकि यह स्वयं बहुत बड़ा मानसिक रोग है।

यह विषय हरेक के लिए मनन करने योग्य है। कहानी में दर्शाई गई चिड़िया की अवस्था से आप यह जान पाएँ कि आपके जीवन में आलस्य के परिणामस्वरूप अब तक क्या-क्या हुआ है और आगे क्या होगा? यदि आपको सुस्ती की आदत

पड़ चुकी है तो आप उसी में रहकर लोभ-लालच में उलझनेवाले हैं। ऐसा सोचकर कि 'यह काम ज़्यादा लुभावना लग रहा है, फलाँ काम बोरिंग लग रहा है', आप अपने जीवन में आलस्य को ही न्यौता देंगे। मगर इससे आनेवाले परिणाम भी देखें कि आप क्या-क्या भुगतनेवाले हैं? यह भी कोई अपने आपको दिखा पाए तो संभावना है कि इस वृत्ति से आप खुद को समय रहते बचा पाएँगे। वरना इंसानी मन की एक प्रवृत्ति ऐसी भी होती है कि उसे जो अच्छा लगता है, इंसान वैसा करने की भावना महसूस करता है। ऐसे में आपके अंतर्मन की प्रोग्रामिंग गलत दिशा में प्रवृत्त होती है। मन की सुस्ती के परिणामस्वरूप आपका अंतर्मन कहता है, 'यही चाहिए' तब उसके परिणाम भी देख-जान लें। अपने आपको आप यह दिखा पाए कि कामों को टालते रहने से क्या परिणाम आएगा। आपको वह जितना स्पष्ट दिखाई देगा, उसे आप उतना ही सही ढंग से कर सकेंगे और आसानी से इस आदत से मुक्त हो जाएँगे।

जैसे कोई विद्यार्थी पढ़ाई करने में आनाकानी करता है। इससे उसे 'न करने का सुख' तो अस्थायी रूप से मिल जाता है लेकिन आगे चलकर उसके क्या परिणाम आएँगे, यह भी सही समय पर उसे दिखाया जाना आवश्यक है।

**सुस्ती को दूर करने के लाभ देखें :**

जैसे ही आपको आलस्य के परिणाम दिखाई देने लग जाएँगे आप काम करना चाहेंगे। जैसे यदि आप व्यायाम करना चाहते हैं परंतु करना टाल रहे हैं तो इसका अर्थ यह है कि आप व्यायाम से मिलनेवाले लाभों को भूल चुके हैं। इस तरह अगर कार्य करने के लाभ को आप भूल गए तो कार्य करने की इच्छा जगेगी नहीं। कुछ चीज़ें खुद को बार-बार याद दिलानी आवश्यक हैं इसलिए कार्य करने के लाभ अपने आपको बताएँ। काम करने के लाभ याद आते ही आप देखेंगे कि आपमें काम करने की प्रेरणा जग रही है। फिर वैसा रस, वैसे रसायन आपके शरीर में तैयार होने लगे हैं। उससे आपके शरीर में काम करने की भावना जगने लगी है और वैसी क्रियाएँ भी सहजता से आपसे होने लगी हैं।

कुछ काम ऐसे होते हैं, जिन्हें करने के बाद आपको सीधा उसका कोई लाभ दिखाई नहीं देता परंतु अप्रत्यक्ष रूप से कुछ लाभ होते हैं। इसलिए आपको वे काम करने हैं और उनमें कुछ ऐसी बातें जोड़नी हैं, जिससे वे काम करने की प्रेरणा आपके अंदर जगे। जैसे, जिसे सुबह-सुबह अखबार पढ़ना पसंद है वह कहेगा कि

'सुबह उठकर मैं पहले व्यायाम करूँगा और फिर कुछ समय अखबार पढूँगा।' इस तरह कुछ चीज़ें जोड़ने से आप जो कार्य करना सुस्ती के कारण टाल रहे थे, उसे करने की प्रेरणा आपको मिलेगी।

एक स्कूल के टीचर थे। स्कूल में वे जो विषय पढ़ाया करते थे, उस विषय की नई-नई जानकारी इकट्ठा करना, उसका अध्ययन करना उनका स्वभाव था। इसके लिए उन्होंने एक पुस्तकालय की सदस्यता ली थी, जहाँ जाकर वे उस विषय पर नई-नई पुस्तकें पढ़ते रहते थे।

उस पुस्तकालय में भगवान बुद्ध के जीवन पर भी बहुत सारी पुस्तकें थीं। टीचर उन तमाम किताबों को पढ़ना चाहते थे। इसलिए उन्होंने अपने लिए एक नियम बनाया कि स्कूल में पढ़ाए जानेवाले विषय की पुस्तक से रोज़ एक अध्याय का जब तक गहराई से अध्ययन नहीं कर लेते तब तक वे बुद्ध की किताब को नहीं छुएँगे।

भगवान बुद्ध की पुस्तकें पढ़ना उनके लिए एक बड़ा आकर्षण था। इसलिए उस आकर्षण को उन्होंने अपने अध्यापन के विषय के लिए निमित्त बनाया। वे पहले स्कूल में पढ़ाए जानेवाले विषय के एक अध्याय का गहराई से अध्ययन करते थे और फिर कुछ समय बुद्ध की किताब पढ़ते थे। इस तरह उनके मन को एक प्रेरणा मिलती थी कि यह कार्य पूर्ण करके फिर बुद्ध की किताबें पढ़नी हैं। जब तक वे पढ़ाए जानेवाले विषय का गहराई से अध्ययन नहीं करते थे तब तक बुद्ध की किताब नहीं पढ़ते थे।

यह सब करने के पीछे उस टीचर के लिए सुस्ती कारण नहीं था। वे जान-बूझकर खुद को बताते थे कि पहले यह कार्य पूर्ण करना है, उसके बाद ही दूसरा कार्य करना है। क्योंकि वे जानते थे कि उस विषय का गहराई से अध्ययन करेंगे, उसे अच्छे से आत्मसात करेंगे तो ही विद्यार्थियों को पढ़ा पाएँगे। बच्चे खुद पुस्तक पढ़कर उस विषय को समझ नहीं पाएँगे इसलिए किसी को तो पहले उस पर काम करना होगा। उस विषय पर मास्टरी प्राप्त करनी होगी, फिर ही बच्चों को पढ़ाना आसान होगा। पढ़ानेवाले ने ही ठीक से अध्ययन नहीं किया है तो बच्चों को भी ठीक से समझा नहीं पाएँगे। नतीजन विद्यार्थियों को कम मार्क्स मिलते हैं या वे फेल हो जाते हैं। इसलिए

उन विद्यार्थियों के प्रेम के कारण ही उस टीचर को अध्ययन करने की प्रेरणा मिली। जब आप उस कार्य के लाभ या उससे आपके परिवार को मिलनेवाले लाभ के बारे में खुद को बताते हैं तो आपके अंदर शक्ति का संचार होता है। फिर आप सुस्ती से मुक्त होते हैं।

आपको इसी तरह रचनात्मक तरीके अपनाकर अपनी सुस्ती पर विजय प्राप्त करनी है। अपने शरीर से कार्य करवाने के लिए, उस कार्य से क्या लाभ होनेवाला है, यह खुद को याद दिलाएँ।

मुझे इस कार्य से गुलाब मिलेगा या कुलाभ मिलेगा– इसका आँकलन आपको स्वयं करना है। यहाँ गुलाब के मायने हैं लाभ और कुलाभ का अर्थ है नुकसान। गुलाब हरेक चाहता है परंतु काँटे कोई नहीं चाहता। लाभ और नुकसान समझते ही आपमें सुस्ती से मुक्ति की इच्छा जगेगी और उसे पाना आसान होगा। इसलिए अपने आपको प्रेरित करने के लिए आप जो भी कर सकते हैं, वह करें। कोई जब सोचता है कि 'मैं यह कार्य ईश्वर के लिए कर रहा हूँ, ईश्वर का ही कार्य कर रहा हूँ' तो उस कार्य की गुणवत्ता बदल जाती है।

यदि आपके अंदर अपने लक्ष्य के प्रति प्रेम है तो यह प्रेम बहुत बड़ी ताकत है। लक्ष्य से प्रेम है तो लक्ष्य ही आपकी प्रेरणा बनता है। फिर लक्ष्य ही आपसे करने योग्य कर्म करवाता है। क्योंकि तब आपको वह प्राप्त होनेवाला है, जिससे आपको प्रेम है। खुद को प्रेरित करना है तो लक्ष्य के प्रति प्रेम जगाएँ। इससे बोरिंग लगनेवाला कार्य करना भी आपको पसंद आने लगेगा।

जब आपका ध्यान लक्ष्य प्राप्त करने के बाद होनेवाले लाभ पर होता है तब लक्ष्य प्राप्ति के लिए लगनेवाले गुण आपमें स्वत: ही आ जाते हैं। फिर आपके अंदर यह आत्मविश्वास जगता है कि दुनिया का कठिन से कठिन कार्य भी आप कर सकते हैं।

यदि आपको बारह सालों के बाद का जीवन कैसा होगा, यह देखने के लिए कहा गया तो आपकी कैसी तैयारी होगी? अभी जिस रफ्तार से तैयारी चल रही है, यकीनन उसे आप अपनी ओर से अधिक (एक्स्ट्रा) ही बढ़ाएँगे। अब आप सोच पाएँगे कि 'यह सब अगर इस तरीके से, इस गति से चलता रहा तो मेरा जीवन कैसा होगा?'

फिर आपमें हर विचार के साथ सजगता होगी, आपका कोई भी विचार आपको चकमा नहीं दे पाएगा। वरना मस्तिष्क में एक नकारात्मक विचार आने पर आप उसे ही सच मान लेते हैं और वैसे ही जीने लगते हैं। सजगता आने के साथ ही आप कहेंगे, 'अब विचारों पर ठप्पा लगाने की आदत से हम मुक्त हो गए। हम खाली लिफाफे की तरह दोनों तरफ से यानी अंदर-बाहर से हमेशा खुले रहते हैं। किसी भी घटना में हमसे कोई भी ठप्पा या कोई कथा नहीं बनती है।'

इस कदम पर गहराई से कार्य करने हेतु आपको सुपर मैन की तरह भूतकाल में और स्पाइडर मैन की तरह भविष्य में चक्कर लगाकर यह देखना है कि 'भूतकाल में सुस्ती की वजह से विश्व में आज तक क्या-क्या नुकसान हो चुके हैं और इस आदत के कारण भविष्य में क्या निर्माण होगा?'

यह प्रकाश में आते ही आप वर्तमान में जागृत हो जाएँगे और अपनी क्रियाओं में परिवर्तन देखेंगे।

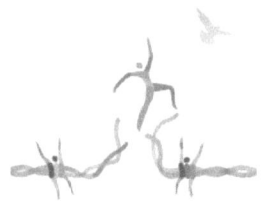

## अध्याय १३

# खान-पान पर लाएँ सजगता
## आलस्य से मुक्ति का सातवाँ कदम

कुछ लोगों के शरीर में सुस्ती का कारण उनकी असंतुलित खान-पान की आदत होती है। खाना तंद्रा और वजन बढ़ानेवाला हो तो शरीर निष्क्रियता और बीमारी की तरफ ही बढ़ेगा। कुछ लोग असंतुलित और अत्यधिक खान-पान के कारण अपना वजन इतना बढ़ा लेते हैं कि अपने शरीर को ठीक से हिला भी नहीं पाते हैं। इसे सुधारने के लिए उन्हें आहार विशेषज्ञ (डायटीशीयन) से राय लेकर, अपने आहार पर थोड़ा ध्यान देना चाहिए।

जिस प्रकार का खाना आप खाते हैं, उस प्रकार के गुण आपके अंदर निर्माण होते हैं। आप जो खाना खा रहे हैं, वह आपकी सुस्ती बढ़ानेवाला है या तंदुरुस्ती बढ़ानेवाला, यह अवश्य देखें।

आप अपने खान-पान पर ध्यान देंगे तो उसके प्रति सजगता आएगी कि 'आज मैंने क्या खाया, जो इतनी सुस्ती आ रही है? क्या खाने से मुझमें चुस्ती भरी रहती है? किस समय खाना खाने पर सुस्ती आती है और किस समय पर खाना खाने से चुस्ती आती है?' ये सवाल अपने आपसे पूछकर अभ्यास करें और सुस्ती बढ़ानेवाले खाने से परहेज़ करें। अगर दिनभर सुस्ती छाई रहती है तो खाने के समय में थोड़ासा बदलाव करके देखें। यह निरीक्षण करें कि सुस्ती असल में किस वजह से, किस आदत के कारण आती है। चाहे तो यह रोज़ डायरी में लिखकर भी आप

अपनी सुस्ती के कारणों को जान सकते हैं।

सजगता से देखेंगे तो समझ में आएगा कि आपको क्या खाना चाहिए, कब खाना चाहिए, कितनी मात्रा में खाना चाहिए। फिर यह सब आप तय कर पाएँगे। आज आप जितना खाना खा रहे हैं, उससे थोड़ा कम खाकर देखें कि चुस्ती महसूस हो रही है या नहीं। आप कम खाना खाते हैं और चुस्ती से खाते हैं यानी चबाकर खाते हैं, उसे निगलते नहीं हैं तो उसका आपके शरीर पर अच्छा असर होता है। सुस्त लोग खाना चबाकर खाने के बजाय उसे निगल लेते हैं। नतीजन उसे हज़म होने में ज़्यादा समय लगता है, जिससे सुस्ती बढ़ती है।

जो लोग अपने अंदर की सुस्ती को भगाकर चुस्ती प्राप्त करना चाहते हैं, उन्हें अपने खान-पान की आदतों पर अवश्य ध्यान देना चाहिए। क्योंकि कुछ पदार्थ हज़म होने में ३० से ४० घंटे लगते हैं। कुछ पदार्थ २४ घंटे में तो कुछ ३-४ घंटे में ही हज़म हो जाते हैं। लेकिन कई लोग पहले खाया हुआ खाना हज़म होने से पूर्व ही फिर से खाना खा लेते हैं। जिससे पेट का कार्य बढ़ जाता है। इस बात को विस्तार से समझने के लिए एक उदाहरण पढ़ें।

ऐसी कल्पना करें कि आपके शरीर के अंदर कुछ कर्मचारी कार्यरत हैं, जो खाना हज़म करने का काम सँभालते हैं। जैसे ही आप खाना खाते हैं, वे काम पर लग जाते हैं। कोई खाने को बारीक पीसने के काम में लग जाता है, कोई उसमें खाना हज़म करनेवाला रस मिलाता है, कोई उसे आगे की तरफ धकेलता है। सब मज़े से अपना-अपना काम कर रहे हैं। लेकिन तभी आपको किसी ठेले पर कुछ पसंदीदा खाने की चीज़ दिखाई देती है तो आप वह खा लेते हैं।

अभी कर्मचारी पहला खाना हज़म करने का कार्य कर ही रहे हैं कि ऊपर से और खाना पेट में डाल दिया जाता है। अब बेचारे कर्मचारियों को और ज़्यादा काम करना पड़ता है। वे परेशान होकर, सिर पकड़कर बैठ जाते हैं कि 'अरे, यह क्या हो गया! हमने सोचा था कि आज इतना ही काम है लेकिन यह तो और आ गया। ऐसा लग रहा है कि खाने की सुनामी आ गई।' फिर वे काम के बढ़ने से नाराज़ हो जाते हैं। फिर पेट में गड़बड़ी पैदा करनेवाली गैस तैयार होती है, सुस्ती बढ़ती है। यह शरीर के अंदर के कर्मचारियों की नाराज़गी का नतीजा है। इस तरह की खाने की आदतें हमारे अंदर सुस्ती का कारण बनती हैं।

आपके शरीर के अंदर कर्मचारी खुशी से काम करने में लगे हुए हैं। सुस्ती बढ़ानेवाला खाना खाकर या ज़्यादा खाना खाकर उनके लिए मुसीबत खड़ी न करें। वरना वे भी आपके लिए मुसीबत खड़ी करेंगे। यदि आप इन कर्मचारियों को अच्छे से सँभाल लेंगे, उनका खयाल रखेंगे तो वे आपको भरपूर शक्ति और ऊर्जा प्रदान करेंगे।

## शरीर के प्रकार अनुसार खान-पान

शरीर के तीन प्रमुख प्रकार हैं, जिनकी खास विशेषताएँ, व्याधियाँ या दोष हैं। शरीर के इन तीन प्रकारों को दोष कहा जाता है :

१. वात दोष

२. पित्त दोष

३. कफ दोष

हर शरीर में कम से कम एक दोष प्रबल होता है। इनके अलावा लोगों में ऊपर बताए दोषों में से दो या तीन का मिश्रण भी संभव है।

शरीर के तीन मुख्य प्रकारों में से प्रत्येक की अपनी विशेषताएँ और व्याधियाँ होती हैं। अपने दोष को पहचानना स्वस्थ जीवन की दिशा में पहला कदम है।

रोग और कुछ नहीं बल्कि शरीर के तीन दोषों के बीच का असंतुलन है। स्वास्थ्य और मानसिक-शारीरिक स्फूर्ति प्रदान करने के लिए तीनों दोष मिलकर काम करते हैं। जब तीनों दोष आदर्श संतुलन में होते हैं तो शरीर स्वस्थ होता है। जब इन तीनों के बीच असंतुलन होता है तो यह विभिन्न शारीरिक और मानसिक रोगों की ओर ले जाता है।

इन तीन दोषों के बीच का असंतुलन गलत जीवनशैली और खान-पान की बुरी आदतों के कारण उत्पन्न होता है। यदि आप अपने दोष और शरीर की प्रकृति के अनुसार खाना खाते हैं तो आलस से बच सकते हैं। इसलिए अपने दोष को जानना बहुत महत्वपूर्ण है। साथ ही यह जानकारी भी होनी चाहिए कि किस भोजन को खाने से आलस उत्तेजित हो जाता है और कौनसे आहार उसे कम करने में सहायक होते हैं।

अपने दोष के अनुरूप खाने और उस दोष के हिसाब से उचित भोजन करने से आप स्वस्थ और ऊर्जावान बनेंगे, जिससे सुस्ती से मुक्ति आसान हो जाएगी।

सुस्ती छाने के कई अलग-अलग कारण आपके सामने रखे गए हैं। आपको अपने हिसाब से यह देखना है कि आपकी सुस्ती किस कारण से बढ़ती है। सही कारण सामने आते ही उस पर कार्य शुरू कर दें और सुस्ती से मुक्ति पाएँ।

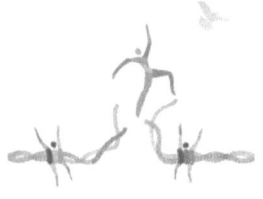

## अध्याय १४

# अपनी ऊर्जा को पहचानें और खर्च करें
### आलस्य से मुक्ति का आठवाँ कदम

अपने आपसे बात करके ईमानदारी से मनन करें कि 'मेरे जीवन में अब कितने साल बचे हैं।' क्योंकि कोई सौ साल तक जीनेवाला है तो उसमें से ३० साल तो नींद में गुज़रनेवाले हैं। आज आपकी जो भी उम्र है उसमें से आगे आपके कितने साल नींद में गुज़रनेवाले हैं, इसका हिसाब करें। बचे हुए साल आप किस तरह, क्या करते हुए गुज़ारना चाहते हैं, किन कामों में खर्च करनेवाले हैं, यह मनन करें। क्या आप चाहते हैं कि इस बचे हुए समय में आपसे ऐसे कार्य हों, जो आपको ज़्यादा से ज़्यादा आनंद दें और उन कार्यों से लोगों का मंगल हो? आपकी चाहत यही है तो अपनी ऊर्जा को ऐसी जगह खर्च न करें, जहाँ टी.वी. पर निरर्थक कार्यक्रम देखे जा रहे हैं, गप्पे लड़ाए जा रहे हैं या जो इंसान मौजूद नहीं है, उसके बारे में बातें की जा रही हैं, उसका मज़ाक उड़ाया जा रहा है। अपनी दिनभर की ऊर्जा का सही जगह पर इस्तेमाल करें क्योंकि आज की ऊर्जा आज ही खत्म होनेवाली है।

अपनी ऊर्जा का सही इस्तेमाल करें ताकि ऊर्जा खर्च करने का अच्छा परिणाम मिले। जो लोग पैसों से बेहद प्यार करते हैं, वे हर व्यवहार में यही सोचते हैं कि 'ज़्यादा से ज़्यादा फायदा मुझे मिले।' उनकी तरह आपकी भी सोच हो कि 'जिस कार्य में मैं अपनी ऊर्जा लगाने जा रहा हूँ, उसका अच्छे से अच्छा परिणाम आए और उसका ज़्यादा से ज़्यादा आनंद, ज़्यादा से ज़्यादा लाभ मुझे मिले।' यह कदम आपके कार्य करने के तरीके को ही बदल देगा।

कोई भी यह नहीं चाहता कि उसकी ऊर्जा व्यर्थ खर्च हो। क्योंकि आज दिनभर के लिए आपको जो ऊर्जा मिली है, कल वह काम में नहीं आनेवाली है। इसलिए आज की ऊर्जा का आज ही इस्तेमाल करके आप अपना कार्य बेहतरीन करें।

## ऊर्जा के तीन स्तरों की पहचान

अधिकतर समय आपके पास काम पूरा करने का प्रशिक्षण नहीं होता है, इसलिए आप अपनी आस्था, विश्वास और साहस गँवा देते हैं। जब तनाव बढ़ता है और एक निश्चित सीमा के पार हो जाता है तो आपका फ्यूज उड़ जाता है क्योंकि फ्यूज की सीमा गलत तरीके से तय की गई है। एक खास अवधि तक काम करने के बाद आप थकान महसूस करते हैं और काम करना छोड़ना चाहते हैं। लेकिन वास्तव में आप सभी के भीतर ऊर्जा के तीन स्तर होते हैं। जब आप ऊर्जा के पहले स्तर के अंत पर पहुँचते हैं तो थकान महसूस करते हैं और काम करना छोड़ देते हैं। लेकिन यदि आप थोड़ी ज़्यादा देर तक काम करते रहें तो आप ऊर्जा के दूसरे स्तर का इस्तेमाल करने लगेंगे। जब आपको महसूस हो कि आप कोई निश्चित कार्य पूरा नहीं कर सकते तो खुद को याद दिलाएँ कि आपके शरीर में अद्भुत शक्तियाँ हैं। उन शक्तियों और ऊर्जाओं को पहचानें, उनका इस्तेमाल करें और इसके बाद अपने जीवन में चमत्कार होते हुए देखें।

**पहले स्तर की ऊर्जा :** यह आपके शरीर की वह ऊर्जा है, जिसका इस्तेमाल आप अपनी दिनचर्या के काम पूरे करने में करते हैं।

**दूसरे स्तर की ऊर्जा :** यह उस शारीरिक ऊर्जा से आगे की ऊर्जा है। इसका इस्तेमाल तब होता है, जब घर पर कोई पार्टी या विवाह समारोह हो। विद्यार्थी दिन-रात मेहनत करके परीक्षाओं के दौरान इसका इस्तेमाल करता है। जब आप पिकनिक पर जाते हैं तब आप सामान्य कार्यों के मुकाबले अधिक ऊर्जा का इस्तेमाल करते हैं। जब भी आप अपने रोज़मर्रा के कार्यों से अधिक काम करने में अधिक ऊर्जा का इस्तेमाल करते हैं, तो आप दूसरे स्तर की ऊर्जा का इस्तेमाल कर रहे हैं।

**तीसरे स्तर की ऊर्जा :** ऊर्जा के इस स्तर का कभी-कभार ही इस्तेमाल किया जाता है। यह ऐसी गंभीर स्थितियों में ही इस्तेमाल होती है, जिनकी आप कल्पना भी नहीं कर सकते। लेकिन याद रखें कि यह ऊर्जा आपके भीतर मौजूद है और इसका

इस्तेमाल आप बीच-बीच में करते रहें।

जब भी आप एक निश्चित अवधि तक काम करने के बाद थकान महसूस करें और आपको लगे कि अब आप आगे काम नहीं कर सकते तो खुद को याद दिलाएँ कि आपके शरीर में ऐसी ऊर्जा है, जो यह चमत्कार कर सकती है। यह पढ़ने से पहले आप अपने शरीर की शक्तियों के बारे में नहीं जानते थे इसलिए मुश्किल काम पूरे नहीं कर सकते थे। लेकिन याद रखें कि कुदरत ने आपके शरीर में अनेक शक्तियाँ डाल रखी हैं; आपको तो बस उनका इस्तेमाल करना भर सीखना है।

उदाहरण के लिए जब आप विद्यार्थी थे तो हो सकता है कि आपने परीक्षा से एक दिन पहले पूरी पढ़ाई की हो और अच्छे अंकों से पास हुए हों। यह कैसे हुआ? बस! एक दिन पढ़ने से ही आप परीक्षा में अच्छे नंबर ले आए। दरअसल यह शक्ति आपके भीतर पहले से ही मौजूद थी। परीक्षा के तनाव की वजह से यह प्रकट हो गई, बस! इतनी सी बात थी। अतः आप भी छोटे-छोटे प्रयोग करके अपनी छिपी ऊर्जा का इस्तेमाल शुरू कर दें।

ऊर्जा पर ध्यान देंगे तो आप जान पाएँगे कि कहाँ-कहाँ आप पर तमोगुण हावी होता है, कहाँ रजोगुण आपको दौड़ाता है। फिर आपके गुण आपको चलाएँ या आप अपने गुणों का इस्तेमाल अपनी अभिव्यक्ति के लिए करें– यह चुनाव आपके पास होगा। सुस्ती से मुक्त होना है तो अपने गुणों को पहचानकर उनका इस्तेमाल करें। यह होने लगेगा तो ऊर्जा भी बचेगी और आपके द्वारा हुए कार्य का परिणाम भी बेहतरीन आएगा।

## अपनी ऊर्जा कहाँ खर्च न करें

हमारे आस-पास कुछ ऐसे लोग होते हैं, जो अपने बरताव से, अपनी बातों से, अपने अस्तित्व से ही हमारी ऊर्जा चूस लेते हैं। क्या ऐसे लोगों पर ऊर्जा खर्च करना समझदारी है? नहीं। इसलिए अपने आपसे बातचीत करके अपनी ऊर्जा का सही इस्तेमाल करें। समय के साथ भी ठीक वैसा ही है। आज आप जो समय खर्च करेंगे, वह समय कल खर्च करने के लिए नहीं मिलेगा, आज ही खर्च हो जाएगा। यह समझ, आपके अंदर की सुस्ती को मिटाने के लिए बहुत मददगार साबित होगी। जब आप यह सोचकर कार्य करेंगे कि 'जो भी ऊर्जा मैं इस कार्य पर खर्च कर रहा हूँ, उसका अच्छे से अच्छा परिणाम आए' तो उस कार्य की गुणवत्ता बढ़ेगी।

कुछ लोग बिना सोचे-समझे ही कार्य शुरू कर देते हैं और कार्य को बिगाड़ देते हैं। उन्हें बाद में जब बताया जाता है कि 'अरे, ऐसा नहीं, यह काम तो इस तरह से करना था।' फिर वही कार्य उन्हें दोबारा करना पड़ता है। एक ही काम को फिर-फिर से करने की वजह से ऊर्जा व्यर्थ ही खर्च होती है। कार्य शुरू करने से पहले उसे अच्छी तरह समझ लेंगे तो ऊर्जा व्यर्थ खर्च नहीं होगी और उसके अच्छे परिणाम भी आएँगे। सही जगह पर ऊर्जा खर्च करने की वजह से आपकी सजगता भी बढ़ेगी।

होश में रहकर कार्य करने से ही बेहतरीन परिणाम आ सकता है। आधा-अधूरा होश है, बेहोशी छाई है, कहीं विचारों में खो गए हैं तो वह कार्य दोबारा करना पड़ता है। ऐसा कई बार आपके साथ भी हुआ होगा कि ध्यान कहीं और होने की वजह से वह कार्य दोबारा करना पड़ा।

समझ के साथ, होश में रहते हुए कार्य करेंगे तो ऊर्जा की बचत भी होगी और सुस्ती भी आप पर हावी नहीं होगी।

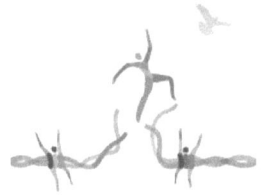

## अध्याय १५

# अपना ही रिकार्ड तोड़ें

## आलस्य से मुक्ति का नौवाँ कदम

इस कदम में आपको अपना ही रिकॉर्ड तोड़ना है। आपने ज़रूर यह देखा या सुना होगा कि ऑलिंपिक्स में जो खिलाड़ी खेलते हैं, वे अपने तथा दूसरों के रिकॉर्डस् तोड़ते रहते हैं। यानी किसी खिलाड़ी ने पंद्रह मिनट में दौड़ पूरी की है तो वे उससे भी कम समय में दौड़ पूरी करके उस खिलाड़ी का रिकॉर्ड तोड़ते हैं। इतना ही नहीं वे खुद का भी रिकॉर्ड इसी तरह तोड़ते हैं।

ज़रा सोचें कि ऐसा वे कैसे कर पाते हैं? दरअसल वहाँ का वातावरण ही ऐसा होता है कि सभी खिलाड़ी रिकॉर्ड तोड़ने में लगे होते हैं। उनका संघ ही वैसा होता है। वहाँ सभी खिलाड़ी महानता के वातावरण में होते हैं। वहाँ वे यही बातें करते हैं कि 'फलाँ ने यह रिकॉर्ड तोड़ा... फलाँ ने आज इतने कम समय में दौड़ पूरी की... फलाँ ने आज अपना ही रिकॉर्ड तोड़ दिया... मुझे अब फलाँ रिकॉर्ड तोड़ना है...' आदि। इसे ही महानता का संघ या वातावरण कहा गया है। यानी वहाँ सभी अपना सर्वोत्तम प्रदर्शन कर रहे होते हैं। जो वे कर सकते हैं, जितनी उनकी ताकत है, उसका वे पूरा उपयोग करते हैं। वह वातावरण अपने आपमें जादू है।

परंतु ऐसा वातावरण बाहर दिखाई नहीं देता। बाहर कहीं आपने यह नहीं सुना होगा कि किसी ने अपना ही रिकॉर्ड तोड़कर नया रिकॉर्ड बनाने के लिए प्रयास किया हो। लेकिन आपको यह करना है। आज अगर कोई काम आपने पंद्रह मिनट में पूरा किया है तो वही काम आपको अगली बार उससे भी कम समय में पूरा करने

की कोशिश करनी है। इस तरह आपकी कार्यक्षमता भी बढ़ेगी और कार्य करने का आनंद भी मिलेगा। और यह तभी संभव है जब आप महानता के संघ में रहेंगे।

जब कोई कार्य हम बार-बार करते हैं तो वह यांत्रिक तरीके से (मेकैनिकली) होने लगता है। फिर उस कार्य को करने के लिए हमें होश या सजगता की आवश्यकता नहीं होती। और बिना होश के कोई कार्य बार-बार किया जाए तो उसमें सुस्ती आने की संभावना होती है। इसलिए अपने अंदर सजगता लाते हुए, अपने ही रिकॉड्र्स तोड़ें और अपनी कार्यक्षमता भी बढ़ाएँ। इस तरह आप हर कार्य करेंगे तो आपकी पूरी क्षमता खुलने में मदद होगी और ऊर्जा का भी पूरा इस्तेमाल होगा। नतीजन आपकी सुस्ती भी दूर हो जाएगी।

अपनी सुस्ती को मिटाने के लिए हमेशा महानता के संघ में रहें। ऐसे लोगों को अपना आदर्श बनाएँ, जिन्होंने सुस्ती पर जीत प्राप्त की है और अपने जीवन में वे सफलता के चरम पर हैं। कार्य में अपने रिकॉड्र्स आप कुछ सेकण्ड के फर्क से भी तोड़ पाए तो आपके लिए यह बहुत बड़ी उपलब्धी होगी। क्योंकि यह कदम आपको सफलता के शिखर पर पहुँचा सकता है। फिर चाहे आप रसोई में काम कर रहे हैं, ऑफिस में या मित्रों के साथ मिलकर कुछ कार्य कर रहे हैं तो भी अपने रिकॉर्डस् तोड़ने की कोशिश जारी रखें।

आपके आस-पास ऐसे ही लोग होंगे जो यही बातें कर रहे हैं, जो अपने ही रिकॉर्डस् तोड़ रहे हैं तो उन्हें देखकर आपको भी अच्छा लगेगा, प्रेरणा मिलेगी। फिर आप भी अपने समय और ऊर्जा का बेहतरीन इस्तेमाल करना सीख जाएँगे। साथ ही साथ सुस्ती से भी मुक्त हो जाएँगे।

अध्याय १६

# सुस्ती को चुस्ती में बदलने का तरीका
## आलस्य से मुक्ति का दसवाँ कदम

इस कदम पर आपको अपने कार्यों में रचनात्मकता लानी है और स्वयं को प्रेरित करना है ताकि आप सुस्ती को चुस्ती में बदल पाएँ।

रचनात्मकता यानी नया, आउट ऑफ बॉक्स सोचना। क्योंकि जब पसंद का काम नहीं होता तब उस काम में सुस्ती आती है इसलिए वही काम रचनात्मक तरीके से करें। छोटे से छोटा कार्य भी रचनात्मक तरीके से किया जा सकता है।

यदि एक गृहिणी खाना बना रही है, बर्तन धो रही है तो उन कामों को भी नए अंदाज में कर सकती है। जैसे कि किसी दिन हाथ की एक उँगली का इस्तेमाल किए बिना ही बर्तन माँजना। बरतन माँजते-माँजते वह देखेगी कि कहाँ-कहाँ वह उँगली अपने आप खुल रही है, कहाँ-कहाँ उस उँगली को खोलकर बरतन माँजने की ज़रूरत पड़ती है। इस तरह उसका पूरा ध्यान कार्य पर ही रहेगा। उसे महसूस होगा कि जो काम वह पहले चिढ़चिढ़ करके कर रही थी अब वही काम पसंद आने लगा है, दिलचस्प लग रहा है। इस तरह रोज़मर्रा का काम भी आपके लिए दिलचस्प बनेगा।

एक इंसान जो फाइल पर काम कर रहा है, उसे वह काम पूर्ण करने में दस मिनट लग रहे हैं तो वह सोचेगा कि 'रचनात्मकता का उपयोग करके यह काम मैं नौ मिनट में ही कैसे पूर्ण कर सकता हूँ।' वह खुद को ही चुनौती देगा। तब वह

देखेगा कि उस काम को कम समय में पूर्ण करने की नई-नई आयडियाज़ आ रही हैं। इस तरह जब आप कोई कार्य रचनात्मक तरीके से करने की ठान लेते हैं तो नई आश्चर्यजनक आयडियाज़ अपने आप आने लगती हैं। मगर इसके लिए पहले छोटे-छोटे प्रयोगों से शुरुआत करना आवश्यक है।

जैसे आपके सामने केक और छुरी है। आपको बताया जाए कि छुरी केक पर तीन ही बार चलाकर आपको केक के आठ टुकड़े करने हैं तो आप कैसे करेंगे? पहले आप देखेंगे कि छुरी को एक बार एक खड़ा, एक आड़ा और एक तिरछा इस तरह चलाने से तो छह टुकड़े ही बनेंगे। फिर आप दो खड़े और एक आड़ा सोचकर देखते हैं लेकिन फिर भी आठ टुकड़े नहीं बनते। फिर सोचते-सोचते

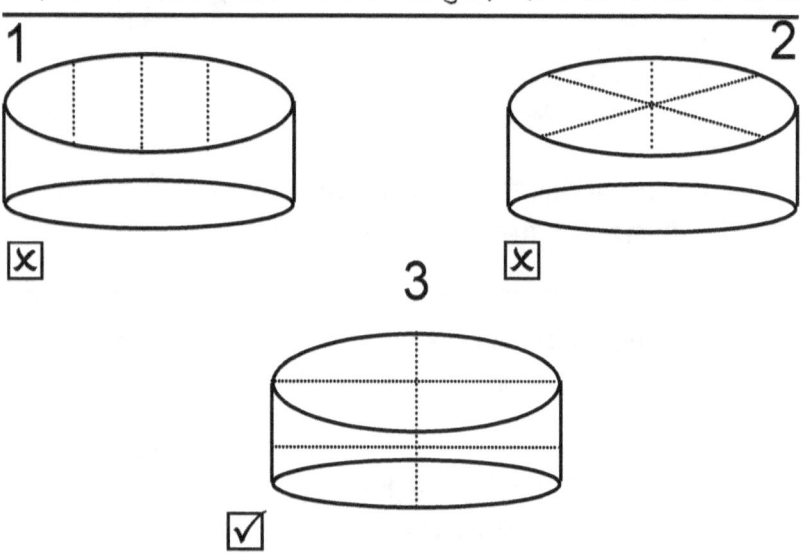

अचानक आयडिया आएगी कि पहले केक पूरा आड़ा काटकर फिर एक खड़ा और एक आड़ा काट लिया तो तीन बार छुरी चलाकर केक के आठ टुकड़े हो सकते हैं। यह आयडिया तभी आ सकती है, जब आप अपने आपको नया सोचने की, आउट ऑफ बॉक्स सोचने की चुनौती देते हैं। आम सोच से ऐसे चुनौती पूर्ण काम पूरे नहीं होते हैं। हरेक अपने कार्य में इस तरह की नई सोच अपनाएगा, आउट ऑफ बॉक्स सोचना सीख जाएगा तो हर कार्य दिलचस्प बन सकता है। दिलचस्प काम करते वक्त सुस्ती आना संभव नहीं है।

## स्वयं को प्रेरित करें

खुद को प्रेरित करने के लिए प्रेरणादायी वीडियोज़् देखें अथवा किताबें पढ़ें। लोग प्रेरणा पाने के लिए विडियोज़् देखते हैं, पुस्तकें पढ़ते हैं लेकिन यदि वे इन चीज़ों की अति में जाते हैं तो उससे उनका नुकसान ही होता है। क्योंकि वे यही करते हुए सुस्त पड़े रहते हैं। इसलिए आप प्रेरणादायी विडियोज़् ज़रूर देखें, पुस्तकें अवश्य पढ़ें लेकिन उचित मात्रा में। उसमें इतना बह न जाएँ कि बाकी काम छोड़कर उसमें ही लगे रहें। इतना ही नहीं, उनसे प्रेरणा लेकर उस अनुसार कार्य भी करें। यह छूटी हुई कड़ी है। लोगों को इन चीज़ों में इतना रस आने लगता है कि वे अपने कामों को टालते रहते हैं, अनदेखा कर देते हैं। इन चीज़ों में और अपने काम में आप संतुलन बनाए रखेंगे तो यही चीज़ें आपको लक्ष्य पूरा करने में, सुस्ती भगाने में मदद कर सकती हैं।

इसके बाद आपको अपने कामों को और दिलचस्प बनाने के लिए रचनात्मकता का भी उपयोग करना है। खुद के लिए कुछ रचनात्मक तरीके ढूँढ़ निकालने हैं। जैसे, अगर आप रोज़ डायरी लिखते हैं और चाहते हैं कि कोई दूसरा इसे न पढ़े तो आप शब्द उलटे भी लिख सकते हैं। जिन्हें आप आइने के सामने ले जाकर देखेंगे तो ही आप उन्हें पढ़ पाएँगे। इस तरह लिखने में आपको भी मज़ा आएगा और कोई दूसरा इसे पढ़ भी नहीं पाएगा। ऐसे कई रचनात्मक तरीके हैं, आपको अपने लिए कुछ ही तरीके खोज निकालने हैं। फिर आप अपने आराम करने के समय का भी रचनात्मक तरीके से इस्तेमाल कर पाएँगे। जिससे आपको अपने कामों में रस भी आने लगेगा।

इस तरह रचनात्मक तरीकों का इस्तेमाल करते हुए आगे आप चाहेंगे कि जिस काम में पहले दस मिनट लगते थे, वह काम नौ मिनट में ही पूर्ण हो जाए। फिर आपसे जो भी कार्य होंगे वे खुशी से होंगे क्योंकि आप वह चुनौती के साथ करेंगे। आप खुद के साथ ही प्रतियोगिता रखेंगे क्योंकि आपको अपना ही पहला रिकॉर्ड तोड़ना है।

अपना ही रिकॉर्ड तोड़ना, कितनी छोटीसी बात है। बस अपने आपको चुनौती देनी है। जैसे, 'आज मैं एक ही हाथ से अपने कुछ कार्य करूँगा... आज मैं एक ही हाथ से जुराबें पहनूँगा... आज मैं बरतन माँजने का कार्य एक हाथ से

और कम समय में करूँगी... ' आदि। फिर एक हाथ पीछे बाँधकर एक हाथ से वह कार्य करने का प्रयास करें। भले ही इसमें समय थोड़ा ज़्यादा लगे लेकिन इस तरह नया प्रयोग करके आपको आनंद आएगा। कार्य के दौरान आप देखेंगे कि इस तरह काम करने में आपको कौनसी दिक्कतें आ रही हैं और उसका आनंद भी लेंगे। बच्चे अकसर ऐसे अलग-अलग प्रयोग करते रहते हैं लेकिन बड़े होकर वे सब भूल जाते हैं।

बड़े होकर भी बच्चों की तरह आप अलग-अलग प्रयोग करते रहेंगे तो काम करने के नए-नए रचनात्मक तरीके अपनाकर आप अपनी सुस्ती को भगाने में भी कामयाब हो जाएँगे। जैसे, जो कार्य आप कर रहे हैं, उसमें छोटी-छोटी क्रियाओं को नंबर दें। जैसे, आप रसोई में काम कर रहे हैं तो कोई चीज़ उठाकर आपने दूसरी जगह रखी-एक, सफाई की-दो, हॉल में गए-तीन, कीचन में आए-चार, कुर्सी पर बैठे-पाँच, इस तरह नंबर दें। यदि आपका सारा कार्य सौ नंबर तक पूरा हुआ तो सोचें कि क्या दूसरे दिन वे ही कार्य कोई नया रचनात्मक तरीका अपनाकर कम समय में (नंबर देकर) पूरे किए जा सकते हैं? कोई ऑफिस में है, कोई साफ-सफाई कर रहा है तो हर क्रिया को एक नंबर दें। कितने नंबर में सारा कार्य पूरा होता है, यह देखें। इस तरह खेल-खेल में आप सुस्ती को भगाते हुए, चुस्ती को अपने अंदर लाते हुए, अपने कार्य कम समय में पूर्ण कर पाएँगे।

इस तरह रचनात्मकता का इस्तेमाल करते हुए अपने कार्य को दिलचस्प बनाएँ और सुस्ती को चुस्ती में बदल दें।

## अध्याय १७

# कामों को पूरा करने के चार तरीके
### आलस्य से मुक्ति का ग्यारहवाँ कदम

सुस्ती से मुक्ति के इस कदम पर अपने काम पूरा करने के चार तरीके बताए जा रहे हैं।

**पहला तरीका – कामों की एफ.डी. करें**

कामों की एफ.डी. करना यानी 'फ्यूचर डायरी' बनाना। यदि आपको कहा जाए कि 'आज आपके लिए कोई काम नहीं है' तो सुनकर कितनी खुशी होगी। और आपको कहा जाए कि 'आगे भी आपको कोई काम नहीं है' तो यह सुनकर कितनी खुशी होगी! क्या ऐसा संभव है? हाँ। कैसे, आइए इसे समझते हैं।

इसके लिए सबसे पहले तो आपको फ्यूचर डायरी (एफ. डी.) बनानी है और उसमें अपने सारे काम लिखने हैं। इसके बाद आप खुद को बताएँ कि 'मैंने अपने कार्यों की एफ.डी. की है। ये सारे काम भविष्य में करने हैं।' फिर आप खाली हो जाते हैं। जब आप सोचते रहते हैं कि 'बहुत सारे काम करने हैं' तो यह विचार ही आपको सुस्त बनाता है। सुबह उठकर कोई सोचे कि आज बहुत सारे काम करने हैं तो सुबह-सुबह इस विचार से ही उसकी ऊर्जा छिन जाती है।

ऑफिस का सी.ई.ओ. है, मैनेजर है, उनके दिमाग में हमेशा यही विचार चलता रहता है कि बहुत काम है। यह विचार अंदर ही अंदर तनाव और सुस्ती का

निर्माण करता है। परंतु जब अपने सारे काम आप फ्यूचर डायरी में लिख लेते हैं तो उसके बाद आप खाली होते हैं। फिर 'इस फ्यूचर डायरी में से एकाधा काम तो कर सकते हैं', यह सोचकर कुछ काम लेकर शुरू किए जा सकते हैं।

'मैं आज़ाद हूँ, इस आज़ादी में एक-दो काम कर लेता हूँ', यह सोचकर उस काम में लग जाएँ। कार्यों को डायरी में लिखने से दिमाग खाली हो जाएगा। जब दिमाग में बहुत सारे विचार होते हैं तो थोड़ा काम भी ज़्यादा लगता है। फिर यही विचार चलते रहते हैं कि 'अभी यह काम नहीं हुआ... अभी वह काम नहीं हुआ... अभी यह होना बाकी है... अभी वह बाकी है...' आदि। फ्यूचर डायरी में सारे कार्य लिखने के बाद फिर आप आज़ाद होकर उन कार्यों को करना शुरू कर सकते हैं।

जो कर्म आप आज़ाद होकर करते हैं, उनकी गुणवत्ता बदल जाती है। वरना 'बहुत काम है' यह सोचकर ही अंदर सुस्ती पनपने लगती है। इंसान को पता ही नहीं चलता कि उसकी कार्यक्षमता कम-कम होते जा रही है। क्योंकि वह सारे काम दिमाग में लेकर घूमता है। उसे कागज़ पर उतारकर खाली हो जाएँ वरना भूल जाने की भी संभावना होती है। अपने कार्यों को कागज़ पर उतारकर आप निश्चिंत हो जाते हैं क्योंकि सब लिखित में है तो भूलने की संभावना का डर भी नहीं है।

फिर आप उसमें से कोई काम निकालकर कर लेते हैं तो उन कामों को गति मिलने लगती है। आप सुस्ती के जाल से निकलने लगते हैं और काम को गति मिलती है। इससे इतने सारे काम हो जाते हैं जो दस लोग मिलकर भी नहीं कर पाते थे। आप कामों को पूरा करने के इस तरीके को भली-भाँति समझ लें, जिसमें कामों का तनाव नहीं है, आप आज़ाद भी हैं मगर फिर भी आपसे सहजता से काम हो रहे हैं। बिना कोई कर्ता भाव के, बिना फल में अटके आपसे वे कार्य होते हैं।

जब कोई काम आप खुलकर, बिना अवरोध के करते हैं तो ऊर्जा का संचार महसूस करते हैं। वरना कामों को दिमाग में लेकर घूम रहे थे तो आपकी ऊर्जा व्यर्थ खर्च हो रही थी। फिर जब आपको पता चलता है कि अब तक ऊर्जा व्यर्थ ही बरबाद हो रही थी तो आपको बहुत दुःख होता है।

जैसे, कोई दुकानदार आपसे किसी चीज़ के ज़्यादा पैसे ले लेता है। उस समय आपको उस चीज़ की कीमत मालूम नहीं थी। परंतु जब बाद में आपको उस

चीज़ की कीमत पता चलती है तो आपको दुःख होता है। इसी तरह ऊर्जा जो व्यर्थ बरबाद हो रही है, उसका विचार भी नहीं आता। इसलिए सारे काम दिमाग में लेकर न घूमें, उन्हें डायरी में उतारें और समय-समय पर पूरा करते जाएँ। इस तरह अपने कर्मों की एफ. डी. बनाएँगे तो सुस्ती छाने से पहले ही आपकी ऊर्जा काम करने लग जाएगी।

### दूसरा तरीका – काम मत करो तो कुछ और भी मत करो

जब काम करने का मन न करे तो अपने आपसे कहें, 'काम भले ही मत करो लेकिन कुछ और भी मत करो।' क्योंकि लोग अकसर काम को टालने के लिए कोई बहाना ढूँढ़ लेते हैं और टी.वी., मोबाईल गेम आदि मनोरंजन में लगे रहते हैं। इसलिए खुद से कहें कि 'काम मत करो मगर और कुछ भी मत करो। सिर्फ बैठे रहो।'

अकसर माता-पिता यह तकनीक अपने बच्चों पर आज़माते हैं। बच्चा जब पढ़ाई छोड़कर शरारत करता है, कहना नहीं मानता है तब वे बच्चे को उठाकर स्टूल पर रख देते हैं और कहते हैं 'पढ़ाई नहीं करनी है तो यहीं बैठे रहो, यहाँ से बिलकुल मत हिलना।' फिर बच्चे की शरारत बंद हो जाती है। थोड़ी देर बच्चा चुपचाप बैठा इधर-उधर देखता रहता है। फिर वह बोर होने लगता है। थोड़ी देर बाद एक ही जगह बैठकर बोर होने की वजह से वह कहता है, 'अच्छा मैं होमवर्क ही कर लेता हूँ।'

ठीक इसी तरह जब भी आपका मन कार्य करने में आनाकानी करे, उसे कुछ और भी न करने दें। खुद को बच्चे की तरह एक जगह पर चुपचाप बिठा दें। इससे थोड़ी देर बाद मन उस कार्य के लिए राज़ी हो जाएगा। इस तरह आपके अधूरे काम पूरे होने लगेंगे और सुस्ती भी मिट जाएगी।

### तीसरा तरीका – बड़े काम करो पर बड़े काम मत करो

इस तरीके में आप 'बड़े काम करो मगर बड़े काम मत करो।' इसका अर्थ है, **बड़े काम करो लेकिन उसे छोटे-छोटे हिस्सों में विभाजित करके फिर करो।** बड़े काम को पहले तो छोटे-छोटे हिस्सों में बाँटो और एक-एक हिस्से पर कार्य करते हुए उस कार्य को पूरा करो।

जैसे सुस्ती बहुत बड़ा विषय है इसलिए छोटे-छोटे हिस्सों में विभाजित

करके आपको उसके बारे में जानकारी दी जा रही है। इस पुस्तक के ज़रिए आप छोटे-छोटे कदमों द्वारा सुस्ती को मिटाने के तरीकों को समझ रहे हैं।

अकसर बड़ा काम देखकर मन बहाने बनाने लगता है, 'कितना बड़ा काम है... कैसे होगा... बाद में कभी देखेंगे... इस काम में बहुत समय जाएगा... इससे अच्छा दूसरे काम निपटा लें...' आदि।

यदि आपको २०० पन्नों का किताब पढ़ना है तो पहले तो यही विचार आएगा कि 'इस काम में तो बहुत समय लगेगा... पता नहीं कब किताब पूरा होगा...' आदि। परंतु जब आप इस कार्य को छोटे-छोटे हिस्सों में बाँट लेंगे यानी आप तय करेंगे कि 'मैं रोज़ एक पन्ना या अध्याय अवश्य पढ़ूँगा।' फिर जब निरंतरता से आप रोज़ एक पन्ना पढ़ेंगे तब देखेंगे कि पता भी नहीं चला और पढ़ने का काम पूर्ण हो गया। मन पहले तो बड़े काम को टालना चाहता है। इसलिए जब भी कोई काम बड़ा लगे तो उसे छोटे-छोटे हिस्सों में बाँटकर पूरा करें।

**चौथा तरीका – सफाई सूत्र पर ध्यान दें**

कामों को पूरा करने का चौथा तरीका है 'सफाई'। जब आप घर के किसी कमरे में जाते हैं और देखते हैं कि वहाँ चीज़ें बिखरी पड़ी हैं तो आपको कैसा लगता है? ठीक इसी तरह जब आप ऑफिस में जाते हैं और देखते हैं कि आपकी टेबल पर सारी चीज़ें बिखरी हुई हैं तो क्या ऐसे माहोल में आपका काम करने का मन करेगा? नहीं। आप कहेंगे कि 'पहले इस कमरे को या टेबल को साफ करना होगा।' वरना बिखरी चीज़ें देखकर ही आपमें सुस्ती भर जाएगी। ऑफिस या घर में सारी चीज़ें अपनी जगह पर रखी हैं, टेबल, कमरा साफ-सुथरा है तो लोगों को काम करने की प्रेरणा मिलती है, चुस्ती आती है। बच्चों का कमरा, पढ़ाई करने का टेबल साफ-सुथरा है तो उन्हें पढ़ाई करने में चुस्ती महसूस होती है।

घर हो या ऑफिस, जहाँ आप कार्य करते हैं, वहाँ हर चीज़ अपनी जगह पर रखें, वहाँ की साफ-सफाई पर ध्यान दें ताकि आपमें चुस्ती बनी रहे। इसके लिए एक आसान सूत्र याद रखें- *'हर चीज़ के लिए एक जगह तय हो और हर चीज़ अपनी जगह पर हो।* पढ़ने में शायद आपको यह सूत्र साधारण प्रतीत हो परंतु इसके फायदे देखकर आप आश्चर्य करेंगे।

यदि आप सोच रहे हैं कि 'हर चीज़ अपनी जगह पर कैसे रख पाएँगे?

ज़ल्दबाजी में कुछ चीज़ें तो इधर-उधर रख ही देते हैं। हर चीज़ को जगह पर रखना संभव ही नहीं है।' तो सूत्र को थोड़ासा बदल दें- *'ज़्यादा से ज़्यादा चीज़ों की जगह तय हो और ज़्यादा से ज़्यादा चीज़ें अपनी जगह पर हों।'*

काम हो जाने के बाद जब आप उस चीज़ को अपनी जगह पर रख देते हैं तो अगली बार ज़रूरत पड़ने पर वह चीज़ आपको आसानी से मिलती है। साथ ही चीज़ें समय पर न मिलने की वजह से आपको अंदर से जो बेचैनी महसूस होती है, जो घालमेल (क्लटर) होता है, वह भी नहीं होगा। इससे आपके आस-पास का माहौल भी साफ-सुथरा रहता है और कार्य करने की चुस्ती बनी रहती है।

घर या ऑफिस में जब हमारे आस-पास की चीज़ें बिखरी हुई होती हैं तो अनजाने में सुस्ती हमारे अंदर प्रवेश करती है। ये इतनी सूक्ष्म बातें हैं कि जब ये हो रही होती हैं तब इनका पता नहीं चलता। जिस तरह अचार देखकर मुँह में पानी आता है, उसी तरह बिखरी हुई चीज़ों को देखकर हमारे अंदर सुस्ती के कीटाणु कुलबुलाने लगते हैं। यह हमारे शरीर द्वारा होनेवाली सहज क्रिया (Reflex action) है। इसलिए सजग होकर कामों को पूरा करने के लिए आपको यह तरीका अपनाना है।

इस अध्याय में दिए गए चारों तरीके अपनाकर आप कार्य न कर पाने की सुस्ती से स्वयं को मुक्त महसूस करेंगे।

## अध्याय १८
# समय न मिलनेवाले कामों को कैसे पूरा करें
### आलस्य से मुक्ति का बारहवाँ कदम

इस कदम पर आपको अपने दिन का एक घंटा ब्लॉक करना सीखना है। कुछ लोगों को लगता है कि समय कम है इसलिए उनके काम नहीं हो रहे हैं। लेकिन यह मात्र एक बहाना है। जिस तरह हमारा दिन २४ घंटों का होता है, जीवन में महान कार्य करनेवाले, महान उपलब्धियाँ हासिल करनेवाले लोगों का दिन भी २४ घंटों का ही होता है। फिर वे उसी समय में कैसे इतना महान कार्य कर पाते हैं? वे कर पाते हैं तो हम भी कर सकते हैं। इस कदम को समझने से पहले एक उदाहरण समझते हैं।

एक परिवार चार कमरों के मकान में रहता है। किसी वजह से उन्हें कुछ अतिरिक्त पैसों की ज़रूरत पड़ती है। ऐसे में वे चार में से एक कमरा किराए पर दे देते हैं। उसी घर में रहते हुए वे एक कमरा कम इस्तेमाल करते हैं। अब सोचकर देखें कि 'क्या एक कमरा किराए पर देने की वजह से क्या उस परिवार के लोग जी नहीं पाएँगे?' नहीं, वे उसी तरह जीएँगे, जैसे पहले जी रहे थे।

आपको भी यह तरीका अपनाना है। मान लें कि आपके पास दिन में २४ घंटों के बजाय २३ घंटे होते तो क्या होता? तो क्या विश्व का विकास नहीं हुआ होता? सब कुछ वैसा ही होता, आप फिर भी जी रहे होते, फिर भी सारे काम हो रहे होते, विकास हो रहा होता। अगर दिन के २५ घंटे होते तो तब भी उतना ही

काम हुआ होता, जितना २३ घंटों का दिन होने पर होता।

अब आपको भी अपने दिन का एक घंटा ब्लॉक करना है, किराए पर देना है। यह एक घंटा आपके लिए है ही नहीं, आपके लिए दिन में २३ घंटे ही हैं, ऐसा मानकर चलना है। आपके सारे काम २३ घंटों में पूरे हो जाएँगे और आपके पास एक घंटा बचेगा। इस एक घंटे में आपको वे काम करने हैं, जिन्हें करना आप अकसर टालते रहते हैं। अपनी दिनचर्या के अनुसार कोई भी एक घंटा अपने लिए तय करें। ऐसा सालभर करते रहें तो साल के अंत में देखेंगे कि ऐसे कितने सारे काम हो गए, जो आप शायद ही कभी करनेवाले थे।

आपने जो एक घंटा ब्लॉक किया है, उसके लिए यह समझकर चलेंगे कि यह एक घंटा मेरे जीवन में है ही नहीं तो क्या आपका जीवन रुक जाएगा? क्या आप जी नहीं पाएँगे? अवश्य जी पाएँगे। दरअसल मन की यह आदत होती है कि जितना समय उसे दिया जाए, दिए गए काम वह उतने ही समय में करेगा। यदि किसी को सुबह तैयार होने में एक घंटा लगता है और वह तय करे कि उसे आधे घंटे में तैयार होना है तो वह आधे घंटे में तैयार हो सकता है।

खुद को बताना शुरू करें कि 'दिन में मेरे २३ घंटे होते हैं।' फिर बचे हुए एक घंटे में वे काम कर डालें, जिनके लिए आपको समय नहीं मिलता। जैसे स्वास्थ्य के लिए व्यायाम करें, कुछ समय ध्यान करें। कुछ पुराने रुके हुए काम कर डालें। इस तरह आप विकास के साथ, अपनी सुस्ती को भी दूर कर पाएँगे।

## अध्याय १९

# थकने से पहले आराम, सुस्ती जगने से पहले काम

### आलस्य से मुक्ति का तेरहवाँ कदम

सुस्ती से मुक्ति के इस कदम में आपको एक और सूत्र याद रखना है। सूत्र है- 'थकने से पहले आराम और सुस्ती जगने से पहले काम।' इसका अर्थ है कि थकने से पहले थोड़ा आराम करें और सुस्ती जगने से पहले फिर से काम शुरू करें। क्योंकि शरीर थक जाता है तो मन को काम न करने का एक बड़ा बहाना मिलता है। इसलिए शरीर को कुछ समय विश्राम देना आवश्यक है। जो लोग शरीर को चलाना जान गए, वे थकने से पहले ही शरीर को आराम दे देते हैं।

विज्ञान के सामने प्रश्न था कि दिल हर मिनट में ७० बार धड़कता है, फिर भी ७० साल से ज़्यादा जीता है। वह थकता क्यों नहीं है? पेट नीचे-ऊपर होता रहता है तो क्या कभी पेट थकता है? हमने हमेशा यह सुना है कि हाथों में थकावट है, पीठ में थकावट है मगर पेट थक गया है, ऐसा हमने कभी नहीं सुना है। क्योंकि पेट में दोनों काम एक साथ हो रहे हैं, काम भी हो रहा है, आराम भी हो रहा है। हृदय खुलता भी है और बंद भी होता है। काम और आराम दोनों साथ में हो रहे हैं। खुलना भी हो रहा है, सिकुड़ना भी हो रहा है यानी इस प्रक्रिया में आराम भी हो रहा है, काम भी हो रहा है। वैसे ही पेट ऊपर की तरफ फूलने लगता है और अंदर भी जाता है यानी वह काम में भी जाता है, आराम में भी जाता है। थकने से पहले ही आराम कर लेता है। इंसान के साथ भी यही होना चाहिए कि जो काम वह कर रहा है, उसमें थकने से पहले ही आराम मिल जाए।

थकने से पहले थोड़ा विश्राम करना कुल्हाड़ी को धार लगाने जैसा है। जिस प्रकार कुल्हाड़ी चलाते रहने से उससे चीज़ें तो कटती हैं परंतु धीरे-धीरे उसकी धार कम-कम होते जाती है। इसलिए बीच में उसे धार देना आवश्यक होता है ताकि लंबे समय तक वह आसानी से चीज़ों को काटने का कार्य करे। ठीक उसी तरह कुछ देर विश्राम करके ऊर्जा प्राप्त कर, शरीर लंबे समय तक काम कर सकता है। विश्राम का समय शरीर को धार लगाने का समय है। लेकिन आप आराम की अति में जाएँगे तो वही अच्छा लगने लगता है और फिर कोई काम करने का मन नहीं करता। इसलिए सुस्ती जगने से पहले फिर से काम शुरू करना भी उतना ही आवश्यक है।

आराम और काम दोनों में संतुलन रखने की कला सीखें। इससे आप अपने जीवन में बहुत कुछ निर्माण कर सकते हैं। साथ ही अपनी सुस्ती पर भी विजय प्राप्त कर सकते हैं।

अध्याय २०

# सुस्ती के विचारों पर ब्रेक कैसे लगाएँ

## आलस्य से मुक्ति का चौदहवाँ कदम

इस कदम पर पहले आपको विचार-संचार नियम समझना है। इस नियम के अनुसार- जैसे विचार आपके अंदर चलते हैं, वैसा संचार आपके शरीर में होता है।

इस नियम को समझते हुए आपको सुस्ती भरे विचारों पर रोक लगाना सीखना है। यह सीखने से पहले समझें कि कैसे विचारों का हमला हम पर होता है।

घड़ी एक मिनट में साठ बार टिकटिक करती है। अब अगर घड़ी को विचार आते तो वह सोचती कि 'एक मिनट में साठ बार, और ऐसा मुझे दिनभर में एक हज़ार चार सौ चालीस बार टिकटिक करना है' तो यह सोचकर ही वह तनाव में आ जाती। उसकी टिकटिक वहीं पर बंद हो जाती।

सुबह उठते ही अकसर लोगों को यह विचार आता है कि 'आज इतने सारे काम करने हैं' और यह एक विचार ही आपकी सारी ऊर्जा चूस लेता है। फिर उन्हें कार्य करने में अड़चन महसूस होने लगती है। इसलिए विचारों को बीच में ही ब्रेक करना सीखें। जब आप नहीं चाहते कि विचार चलें तो विचारों को बीच में ही ब्रेक करना आपके लिए संभव होना चाहिए।

विचारों को ब्रेक करने की तकनीक है, **'अपने शब्दों को तेज़ी से दोहराना।'**

अपने शब्दों को विचारों की गति से दोहराएँ।

एमील कुए नामक फ्रेंच मनोचिकित्सक ने इस तकनीक की खोज की थी। उन्होंने यह खोज निकाला कि जब हम अपने आपको कोई आत्मसुझाव तेज़ गति से देते हैं तो हमारा बाह्यमन उसमें दखलअंदाज़ी नहीं करता। इसलिए हमारे आत्मसुझाव बिना रुकावट के अंतर्मन तक पहुँचते हैं। उन्होंने खुद इस खोज का पूरा लाभ उठाया। उनके पास जो भी मरीज़ आते थे, उनसे कोई पैसे लिए बिना वे उनका इलाज करते थे।

कोई मरीज आकर उन्हें बताता कि 'मेरे हाथ में दर्द है, हाथ ऊपर तक नहीं उठता।' तब वे उसे कहते थे कि 'जितना हाथ ऊपर उठता है, उठाओ' और मरीज जब हाथ ऊपर करता था तो वे मरीज के हाथ को थाम लेते थे। फिर उसे बताते थे कि 'अब मन ही मन यह दोहराते रहो कि हाथ ऊपर जा रहा है... जा रहा है...। और कुछ समय यह दोहराने के बाद 'हाथ ऊपर गया' कहते हुए हाथ को ऊपर उठाओ।'

आजू-बाजू बैठे मरीज़ देखते थे कि डॉक्टर मरीज़ की बाँह थामे हुए है और मरीज़ बोले जा रहा है 'हाथ ऊपर जा रहा है... जा रहा है...' और अंत में मरीज़ कहता था, 'हाथ ऊपर गया।' और मिस्टर कुए हाथ उपर उठा देते। लोग ये आश्चर्य देखते थे कि उस मरीज़ का हाथ सचमुच ऊपर गया। इससे लोगों में यह आत्मविश्वास आता था कि 'मैं भी ठीक हो सकता हूँ, मेरा दर्द भी दूर हो सकता है।' तकनीक यही थी कि शब्द दोहराकर अंतर्मन तक पहुँचाने हैं।

'Day by day in every way, I am getting better and better' यह मशहूर पंक्ति उन्हीं की है। इसका मतलब है 'दिन-प्रतिदिन, हर तरह से मैं बेहतर हो रहा हूँ, मेरा जीवन बेहतर हो रहा है'। एमील कुए ने आत्मसुझाव द्वारा कई मरीज़ों को ठीक किया है।

इस तकनीक का इस्तेमाल आप सुस्ती मिटाने के लिए कर सकते हैं। सुस्ती को मिटाने के लिए कोई आत्मसुझाव बनाएँ, फिर उसे इतनी तेज़ रफ्तार से दोहराएँ कि सुस्ती के विचारों में ब्रेक लग जाए।

जो लोग सुबह जल्दी नहीं उठ पाते, वे इस तकनीक का इस्तेमाल करें।

अपने आपको सुझाव दें, 'मैं जल्दी उठ सकता हूँ, मैं यह कर सकता हूँ।' इससे आप देखेंगे कि आपसे वह अपने आप होने लग गया। इस तरह आत्मसुझाव से मन की शक्तियाँ कार्यान्वित होती हैं और सुस्ती भी मिटती है।

# खण्ड ३
## सुबह जल्दी उठने की तकनीकें

थोड़ा सा ज्ञान जो काम करता है, वह आलसी ज्ञान से बहुत ज्यादा मूल्यवान होता है।

– खलील जिब्रान

कुछ भी कठिन नहीं है; हम ही आलसी हो जाते हैं।

– बेंजामिन हेडन

आलस्य वह मृत सागर है, जो सभी सद्गुणों को निगल लेता है।

– बेंजामिन फ्रैंकलिन

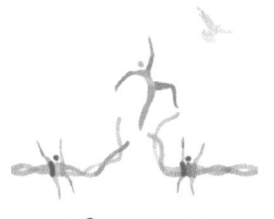

अध्याय २१

# स्वयं को दें दमदार कारण
## सुबह जल्दी उठने की पहली तकनीक

जब आप सुबह नींद से उठते हैं तब महसूस करें कि आलस्य के दर्शन कैसे-कैसे होते हैं? यह आप पर कैसे छा जाता है, कितना हावी होता है? एक तमोगुणी व्यक्ति फिर वह भले ही पुरुष हो या स्त्री, नींद से कैसे उठता है? पहले तो उसे मुलायम, सुख-सुविधावाले बिस्तर से उठने का जल्दी कोई कारण नहीं मिलता।

आँख खुलते ही उसके मन में पहला विचार उठता है, 'अभी फ्रेश नहीं लग रहा है, कुछ देर और सोते हैं, इस समय उठने का कारण भी याद नहीं आ रहा है।'

ऐसा आपके साथ न हो इसलिए रात को सोते वक्त ही स्वयं को सुबह उठने का दमदार कारण बताएँ। जो लोग रात में यह सोचकर सोते हैं कि 'सुबह फलाँ कारण से जल्दी उठना है, जैसे पिकनिक जाना है, बच्चों का स्कूल है, टिफिन बनाना है' आदि तो वे आसानी से उठ जाते हैं। तात्पर्य-अगर रात में सोते वक्त, खुद को कोई कारण बताकर सोएँ तो ज़्यादा संभावना है कि सुबह उठते ही वह कारण याद आ जाए और जल्दी उठना सहज संभव हो पाए।

इंसान प्राय: सुबह नींद खुलने पर जल्दी उठना चाहता है। परंतु यदि रात में सोते वक्त वह खुद को सुबह जल्दी उठने के लिए कोई विचार नहीं दे पाया कि 'मुझे नींद से जल्दी क्यों उठना है' तो उसे उठने का कोई कारण नहीं मिल पाता। जिसे इसका महत्त्व पता है, वह कहेगा, 'काश! रात में ऐसा कोई विचार उसने स्वयं को

दिया होता तो वह देख पाता कि मैं सुबह उठकर कैसे कार्य कर रहा हूँ... कैसे चुस्ती से सारे कार्य समाप्त हो रहे हैं और कितनी प्रसन्नता से सब हो रहा है।

यदि आप अंतर्मन को सुबह जल्दी उठने का विचार दे पाएँ तो संभावना है कि आप सुबह जल्दी उठ पाएँगे। सुबह उठकर प्रसन्नता से सारे कार्य कर पाएँगे। आलस्य महसूस होने के बावजूद भी आप सारे कार्य समाप्त कर चुके होंगे।

यदि आपने स्वयं को यह विचार नहीं दिया बल्कि सोते वक्त चिंताएँ, मनोरंजन ही करते रहे, टी.वी. देखी, ताश या अन्य कोई खेल ही खेलते रहे तो फिर आपको सुबह जल्दी उठने का कारण नहीं मिलता। इंसान सोचता रहता है कि 'मैं बिस्तर क्यों छोड़ूँ?' जबकि यही वह इंसान होता है जिसे ध्यान से उठने का कारण तुरंत मिल जाता है। यह है मन का खेल।

तमोगुणी इंसान को सुबह जल्दी बिस्तर छोड़ने का कोई कारण नहीं मिलता। उस समय सुस्ती के कारण उसका शरीर और मस्तिष्क इतने सक्रिय नहीं होते कि तुरंत उठने की सोच पाए। फिर धीरे-धीरे तमोगुणी की तंद्रा टूटती है और वह नींद से उठता है। ऐसे में जब वह अपने कमरे और घर को देखता है तो उसे चीज़ें इधर-उधर बिखरी पड़ी हुई दिखाई देती हैं। रात में सोने से पहले किए हुए कार्य का सामान ज्यों का त्यों पड़ा मिलता है। इस तरह की और भी बहुत सी अव्यवस्थाओं को देखकर उसे कुछ विचार आते हैं। जैसे- 'यह बिखरा हुआ सामान जगह पर रखना है... अभी ऑफिस जाने की तैयारी करनी है... रसोई की तैयारी करनी है' इत्यादि। फिर वह क्रियाशील होने के लिए रेडियो, टी.वी. मोबाईल, कंप्यूटर माइक्रोवेव या गीजर ऑन करता है। मगर जब वह मशीन ठीक से नहीं चलती तब उसे याद आता है कि 'यह कितने दिनों से खराब पड़ी है, इसे रिपेयर करवाना था पर किया ही नहीं।' फिर उसे काम पूरे न होने की ग्लानि होती है। ऐसे में उसका मन काम पूरा न होने का कोई न कोई कारण ढूँढ़ लेता है और खुद को जवाब भी दे देता है, जिससे वह रिलैक्स हो जाता है।

इससे केवल मन शांत होता है, पर काम पूरे नहीं होते। जबकि यदि सही समय पर उठा जाए तो काम भी पूरे होते हैं और मन अपने आप शांत रहता है।

अध्याय २२

# समय पर जागने के लाभ

## सुबह जल्दी उठने की दूसरी तकनीक

सुबह के समय यदि आप अलार्म घड़ी का बटन बंद कर देते हैं तो याद रखें कि आप मूल्यवान समय गँवा रहे हैं। यह ध्यान रखें कि यह समय दोबारा कभी लौटकर नहीं आएगा। यह इतिहास बन जाएगा।

आइए, इस अध्याय में दिए जा रहे लाभों को समझकर हम स्वयं को सुबह उठने के लिए प्रेरित करें।

### १. अपने सच्चे उद्देश्य को जानना

यदि आप जानते हैं कि जीवन का उद्देश्य क्या है तो समय पर जागने में कहीं कोई समस्या नहीं है। जीवन का उद्देश्य है आत्मसाक्षात्कार पाकर ईश्वरीय गुणों की अभिव्यक्ति करना यानी मन को अकंप, आज्ञाकारी, निर्मल और प्रेमन बनाना... आत्मसाक्षात्कार की दिशा में प्रगति करना। प्रेम, आनंद, मौन से सारे कार्य करके आनंद बाँटना।

कई लोग नए लक्ष्य तय तो कर लेते हैं लेकिन कुछ दिन बाद ही उन्हें भूल जाते हैं। इसका कारण यह होता है कि या तो वे लक्ष्य को भुला देते हैं या फिर लक्ष्य पर्याप्त शक्तिशाली नहीं होता है। अगर आप किसी लक्ष्य से जूझ रहे हों और इस दुष्चक्र में उलझे हुए हों तो कष्ट उठाने के बजाय जिज्ञासु बनें। खुद से पूछें कि चरम

उद्देश्य क्या है, अंतिम उद्देश्य क्या है। यदि आप उस लक्ष्य को हासिल करने में सफल हो जाएँ तो वह अंततः आपके लिए, दूसरों के लिए और जगत के लिए क्या मायने रखेगा? इसके बाद आप देखेंगे कि समय पर जागने में आपको कोई समस्या नहीं आएगी।

## २. अधिक उपयोगी

जल्दी जागने का एक कारण अधिक उपयोगी बनना है। सुबह के अतिरिक्त घंटों से आपके दिन की शुरुआत अच्छी होगी। इसके अलावा जब आप सुबह जल्दी जागेंगे और तुरंत सक्रिय हो जाएँगे तो बोनस के रूप में आपको अद्‌भुत भावना का एहसास भी मिलेगा। इसका अनुभव तभी होगा, जब आप सचमुच यह काम करने लगेंगे। निश्चित रूप से फर्क इस बात पर भी निर्भर करता है कि आप कितनी उपयोगिता का काम कर रहे हैं। उस अतिरिक्त उपयोगिता का सच्चा मूल्य क्या है? आप इसके साथ क्या करने जा रहे हैं?

जब आप कोई काम करने का निर्णय लें, उसे शुरू कर दें और पूरा कर दें तो आप विश्वसनीय कहलाने के अधिकारी हैं। जब आप निर्णय लेते हैं और उसे पूरा कर देते हैं तो आप सफलता हासिल कर लेते हैं और अंदर से पूर्ण भी महसूस करेंगे।

## ३. प्रेरित बनना

जो चीज़ आपको प्रेरित करती है, उसे समय देने के लिए समय पर जागें। वह कौन सी चीज़ है, जो हर सुबह आपको बिस्तर से बाहर जल्दी खींच सकती है? कौन सा कार्य इतना प्रबल है कि आप इसमें खुशी-खुशी खुद को भूल जाएँ? कौन सी चीज़ आपको इतनी प्रेरक लगती है कि आप दोबारा सोने के प्रबल विचार को भी नज़रअंदाज़ कर दें। खुद से पूछें, 'वह कौन सी चीज़ है, जो सचमुच मुझे आवेशित या उत्तेजित कर देती है? **वह कौन सी चीज़ है जो मुझे बिस्तर से उछलने के लिए प्रेरित कर देती है और मैं कहने लगता हूं, 'हाँ, मुझे इसे पूरा करना है।'**

हम सभी अनूठे हैं इसलिए किसी विशिष्ट लक्ष्य को हासिल करने के लिए हमारी प्रेरणा भी अलग हो सकती है। यदि आप अपने सामने एक बड़ा लक्ष्य पाएँ और उसकी दिशा में अधिक प्रगति नहीं कर पा रहे हों क्योंकि आप कुछ समय बाद हार मान रहे हों तो उस काम के लिए अपनी प्रेरणा की शक्ति पर विचार करें।

## ४. समय की बरबादी

अति निद्रा के हानिकारक प्रभावों को नज़रअंदाज़ न करें। यदि आप एक दिन में सिर्फ ३० मिनट अधिक सोते हैं तो इसका मतलब है एक साल में १८० घंटे से अधिक। और यदि आप हर दिन ६० मिनट अधिक सोते हैं तो इसका मतलब है एक साल में ३६५ घंटे अधिक; यानी ४० घंटों के नौ सप्ताह। यह बहुत लंबी समयावधि है! इस बारे में सोचें। और यह इस ज्ञात तथ्य के अलावा है कि हम अपने जीवन का एक तिहाई हिस्सा सोने में बिताते हैं। जो समय हम ज़रूरत से ज़्यादा देर तक बिस्तर में सोने में बिताते हैं, उसमें हम अधिक रचनात्मक काम कर सकते हैं।

ज़रा सोचें कि उस अतिरिक्त समय में आप क्या-क्या कर सकते हैं? हर दिन अतिरिक्त समय की छोटी सी मात्रा भी एक साल में बूँद-बूँद जुड़कर महत्वपूर्ण बन जाती है। तमोगुणी हैं कि ज़्यादा सोने के चक्कर में इतना सारा कीमती समय सालों से बरबाद करते चले आ रहे हैं।

आप इस समय का इस्तेमाल उन चीज़ों को करने में कर सकते हैं, जिन्हें करने के लिए आपमें पहले समय और ऊर्जा नहीं थी। आप अद्भुत आनंद महसूस करेंगे। और जब हर चीज़ के लिए समय होगा तब आप संतुलित, आरामदेह तथा असरदार बन जाएँगे।

## ५. अनुशासन बेहतर बनाना

**आत्म-अनुशासन आपकी आंतरिक शक्ति का एक बुनियादी गुण है।** जब आप जल्दी जागते हैं और हर दिन निश्चित समय पर जागते हैं तो अनुशासन की मांसपेशी मजबूत बनती है।

अनुशासन को बनाया और मजबूत किया जा सकता है। मूलत: इसमें छोटी-छोटी चुनौतियों को लेना, उन पर विजय पाना और फिर धीरे-धीरे अधिक बड़ी चुनौतियों की ओर आगे बढ़ना शामिल है। यह क्रमिक वेट लिफ्टिंग जैसा है। जब आपका आत्म-अनुशासन मजबूत हो जाएगा तब समस्या खत्म हो जाएगी। तब निश्चित समय पर बिस्तर छोड़कर उठने की चुनौती अधिक आसान हो जाएगी। इस कार्य में बाधा तब नजर आती है, जब आपका आत्म-अनुशासन कमज़ोर पड़ जाता है।

शुरुआत में ७ दिनों तक एक निश्चित समय पर उठें, फिर इस अवधि को धीरे-धीरे बढ़ाएँ। ३० दिनों तक ऐसा करने पर आपको इसकी आदत पड़ जाएगी। इसके बाद आप उसी समय पर जागने के इतने अधिक आदी हो जाएँगे कि उसके बाद सोते रहना मुश्किल हो जाएगा।

## ६. अधिक तनावमुक्त

जो लोग समय पर जागते हैं, वे दिनभर निश्चिंत रहते हैं। अध्ययनों से संकेत मिलता है कि उन्हें कम तनाव होता है। उनके कार्य सहजता से समय पर होते हैं।

## ७. अधिक स्वाभाविक

जब आप सूर्य के साथ जागते हैं तो आपके शरीर की लय स्वाभाविक और नैसर्गिक बन जाती है। नियम से उसी समय जागने और सोने से आप अधिक स्वस्थ बन जाते हैं।

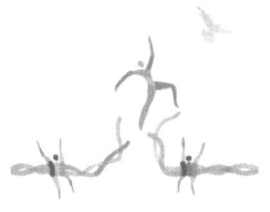

अध्याय २३

# बिस्तर छोड़ने के तरीके
## सुबह जल्दी उठने की तीसरी तकनीक

जब आप अलार्म घड़ी को बंद कर देते हैं और बाद में हड़बड़ाकर अलसाए हुए जागते हैं तो आपको एहसास होता है, 'हे भगवान, बहुत देर हो गई!' आपको अफसोस होता है कि अतिरिक्त निद्रा में इतना सारा समय नाहक गँवा दिया। फिर आप जल्दी-जल्दी अपनी दिनचर्या के काम पूरे करने की कोशिश करते हैं। आपको ऑफिस पहुँचने में देर हो जाती है और वहाँ भी वे दिन के काम पूरे करने की हड़बड़ी में रहते हैं। इस तरह की हड़बड़ाहट से तनाव और चिंता पैदा होती है। वैसे देखा जाए तो यह सब अनावश्यक था। अगर आप समय पर उठ जाते तो इन सबसे बचा जा सकता था।

यहाँ पर कुछ तकनीकें दी जा रही हैं, जिन पर अमल करके आप खुद को बिस्तर से बाहर देख सकते हैं– अलार्म बजने के बाद या कई बार उससे पहले भी।

**१. शरीर के जैविक चक्र को समझें**

हमारे शरीर की शारीरिक प्रक्रियाओं का एक जैविक चक्र होता है, एक नैसर्गिक लय होती है, जो इंसानों में २४ घंटे के दिन के हिसाब से डाली गई है। जब आप हर दिन उसी समय जागते हैं तो आप इस जीववैज्ञानिक लय को मजबूत कर लेते हैं।

अलार्म घड़ी का इस्तेमाल करके हर सुबह उसी समय जागें। इस तरह आप अपनी जैविक लय को निर्धारित कर लेंगे।

अब आप यह जान चुके हैं कि आपको सुबह कब उठना है। आपको यह भी पता होगा कि आपको कितने घंटों की नींद की ज़रूरत है। जाहिर है, आप आसानी से हिसाब लगा सकते हैं कि आपको रात को कब सो जाना चाहिए ताकि आपकी नींद पूरी हो जाए।

इससे आप हर दिन एक निश्चित समय पर उठने लगेंगे। एक बार जब इसकी आदत पड़ जाएगी तो यह अवचेतन रूप से अपने आप होने लगेगा। अब आपका शरीर स्वाभाविक लय में ढल चुका है और यह आपको हर सुबह उसी समय पर जगा देगा।

२. खुद से पूछें कि 'कैसे'

यदि आप तय समय पर नहीं जाग पाते हैं तो खुद को न कोसें। खुद से यह न पूछें कि आप क्यों नहीं जाग पाए? इसके बजाय खुद से यह पूछें, 'मैं निश्चित समय पर कैसे जाग सकता हूँ?' और यह प्रश्न हर काम पर लागू होता है। खुद से यह पूछने के बजाय, 'मैं काम पूरा क्यों नहीं कर पाया?' खुद से पूछें, 'मैं यह काम कैसे कर सकता हूँ?' इससे आप हाथ के काम को करने के नए तरीके खोज लेंगे।

३. दैनिक इरादे

हर दिन एक इरादा करें और इसे लिखकर किसी ऐसी जगह लटका लें, जहाँ आप सुबह अपनी आँख खोलते ही इसे देख सकें।

इरादे दुधारी तलवार जैसे होते हैं, जिनके दोहरे परिणाम होते हैं। एक परिणाम तो यह है कि वे आपको समय पर बिस्तर से बाहर खींच लेते हैं। दूसरा आंतरिक लाभ यह है कि जिस भी लक्ष्य (इरादे) को आप हासिल कर लेते हैं, उससे आपके समर्पण का पता चलता है और आपका आत्मविश्वास बढ़ता है।

किसी खास रंग की चीज़ें देखने का इरादा रखें जैसे हरे रंग की चीज़ें। इसके बाद आप देखेंगे कि आपके आस-पास हरे रंग की कितनी सारी वस्तुएँ हैं। ऐसा नहीं है कि वे सब अचानक आसमान से टपक गई हों। वे तो हमेशा से वहीं थीं। आपने बस पहले कभी उन पर गौर नहीं किया था। आप देखेंगे कि इससे आपके

अवलोकन की शक्ति बेहतर होती है। आप हैरान रह जाएँगे कि दिनभर में आपको ज़्यादातर हरे रंग की वस्तुएँ ही नजर आएँगी। कितने सारे रंग हैं, कितना रंगीन संसार है, यह देखकर आप आश्चर्यचकित हो जाएँगे। अब, भले ही आप बुनियादी सात रंगों को लें, फिर भी आपके पास सात दिनों के लिए सात इरादे तो हो ही जाते हैं। ध्यान रखें, रंगों के कई और शेड भी होते हैं।

एक और इरादा– किसी खास पशु, जलीय जीव, पौधे या पक्षी, फूलों को देखने का भी हो सकता है? वे इतने सारे होते हैं, इतने सारे रंगों और खुशबुओं के होते हैं। हर फूल अनूठा होता है, इसके अलावा फूलों के अपने प्रतीकात्मक अर्थ भी होते हैं। एक दिन के लिए किसी एक फूल देखने को भी इरादे के रूप में रखा जा सकता है। आप कम से कम उसकी तसवीर ढूँढ़ लेने का इरादा रख सकते हैं। आप कोई असामान्य चीज़ देखने का इरादा भी चुन सकते हैं।

४. **सक्रीय बटनों (ट्रिगर्स) का इस्तेमाल करें :**

इन ट्रिगर्स का इस्तेमाल करेंगे तो आप निश्चित रूप से अपना बिस्तर छोड़कर उठ जाएँगे :

- घंटी बजाएँ – घंटी बजाएँ (जिसे आपने पिछली रात को अपने बिस्तर के पास रखा था) और देखें कि मंदिर या चर्च की घंटी के समान मधुर आवाज़ से आपकी नींद कैसे झट से काफूर हो जाती है।

- जॉगिंग सूट या जोकर की पोशाक किसी ऐसी जगह रख दें, जहाँ आप अलार्म बजने पर आँखें खोलते ही उसे देख सकें।

- कोई ऐसा चित्र देखें, जो आपको प्रेरित या प्रोत्साहित करता हो (किसी महात्मा या 'साक्षात्कार की उगते सूर्य की कल्पना' जैसी तसवीर)।

५. **कोई चुनौती लें**

एक चुनौती एक दिन लेने से नींद दूर रहती है। अतः हर दिन एक चुनौती लें। इससे यकीनन वह चीज़ आपको बिस्तर से बाहर कूदने के लिए विवश कर देगी।

३० दिनों की चुनौती : जल्दी जागने की ३० दिनों की चुनौती स्वीकार करें। इसे खेल बना लें। नियम तय करें, अपनी टीम के साथी चुनें और एक दिनचर्या तय कर

लें। चित्र देखें कि एंड लाइन के अंत में यह कैसा दिखेगा। इन तीन चीज़ों पर अमल करें : नवाचार, कल्पना और खोज।

- कोई नवाचारी नया मोड़ दें।
- अपनी कल्पना का दिशा देकर इस्तेमाल करें
- इसे करने के नए तरीके खोजें।

६. **कोई गतिविधि शुरू करें**

हर सुबह कोई गतिविधि करने का संकल्प लें। यह कोई भी चीज़ हो सकती है। जब आप कोई चीज़ सीखना चाहते हैं, चाहे वह कंप्यूटर हो या गाड़ी चलाना तो आप उसे इतने उत्साह से करेंगे कि सुबह होते ही बिस्तर से छलाँग लगा देंगे क्योंकि आप उसे तुरंत शुरू करना चाहते हैं।

यहाँ इस बारे में कुछ सुझाव दिए जा रहे हैं :

- अपने शौक की दिशा में जाएँ, जैसे चित्रकारी, सिलाई आदि।
- किसी सामाजिक गतिविधि का चुनाव करें।
- संगीत, तैराकी, साइकिल चलाना, गाड़ी चलाना आदि सीखें।
- अपने विचारों को अधिक रोचक बनाने के लिए कविता के रूप में लिखें। डायरी में अपने दैनिक विचार कविता में लिखें।
- कोई ऐसी नई चीज़ करें, जो आपने पहले कभी नहीं की है। जैसे अजनबियों से बातचीत करना, नए मित्र बनाना इत्यादि। (कॉमन सेंस ज़रूर इस्तेमाल करें)
- नया साहित्य पढ़ें – ग्रहों, टेक्नोलॉजी तथा विज्ञान के जगत में नवाचारों के संबंध में पढ़ें और अपना ज्ञान बढ़ाएँ। अगर आप जीवनभर सीखते रहें, तब भी आप विश्व में उपलब्ध ज्ञान का अल्प हिस्सा ही जान सकते हैं। बहरहाल, पूरा जीवन न भी लगाएँ तो भी हमें अपना कुछ मूल्यवान समय अधिक सोने के बजाय अपने ज्ञान को बढ़ाने में लगाना चाहिए।
- योग, रेकी, एरोबिक्स, नृत्य आदि सीखें।

- कोई नई चीज़ सीखें या बढ़ाएँ (उदा. फोटोग्राफी, तैराकी)।
- कोई खेल खेलें (बैडमिंटन, टेनिस, शतरंज, कैरम, डार्ट या आपकी रुचि का कोई अन्य खेल)
- ट्यूशन पढ़ाएँ
- कार्यक्रम आयोजित करें (अपने घर में, पड़ोस में, कॉलेज में, स्कूल में आदि)
- ध्यान की किसी तकनीक का अभ्यास करें, जिससे आपके शरीर को शक्ति और स्फूर्ति मिले।
- किसी की मदद करें।
- अपनी एक योग्यता किसी एक व्यक्ति को सिखाएँ।

## ७. कोई नई चीज़ करें

उसी पुराने तरीके से हर दिन जागना, उसी पुराने तरीके से पुरानी चीज़ें करने से आलस आने लगता है। अगर आप नींद से जागते ही शरीर के दर्द के बारे में सोचने लगते हैं तो बिस्तर छोड़ने का आपका कभी मन नहीं होगा। अगर आप आँखें खोलते ही उसी पुरानी दिनचर्या के बारे में सोचते हैं, खुद को वही चीज़ें करते हुए देखते हैं, जो आप दिनों, महीनों, बरसों से करते चले आ रहे हैं तो आपका कभी बिस्तर से उठने को दिल नहीं होगा इसलिए कुछ भिन्न चुनें। हर सुबह जागने का एक नया तरीका चुनें। उदाहरण के लिए : खुद से कहें कि जब आप ब्रश करते हैं तो आप सारे काम केवल एक आँख से करेंगे। इसलिए आप अपनी एक आँख बंद कर लेते हैं और बिस्तर से उठ जाते हैं। फर्क महसूस करें। बच्चे ऐसे प्रयोगों को पसंद करते हैं और उन्हें इसमें बड़ा मज़ा आता है।

पुराने को हटाने के लिए आपको किसी ताजी और नई चीज़ की ज़रूरत है, जैसे सुबह की ओस। मशीनी अंदाज की जगह नएपन को लाएँ।

नयापन अपने साथ सफलता की खुशी लाता है। आप खुशी का अनुभव करते हैं – न सिर्फ प्रक्रिया के दौरान बल्कि उसके अंत में भी। प्रक्रिया हालाँकि मुश्किल होती है लेकिन आनंददायक भी होती है क्योंकि फोकस जीत पर होता है। आप

सफलता की तसवीर देख रहे होते हैं और इस तरह प्रक्रिया व परिणाम दोनों ही सुखद बन जाते हैं।

हर दिन कुछ नया करें। आज आप जो करते हैं, उससे कुछ भिन्न करने का निश्चय करें। यह सचमुच एक ऐसा कारण होगा, जो आपको तथाकथित आरामदेह बिस्तर से बाहर खींच लेगा।

सबसे सरल चीज़ यह होगी कि आप ऑफिस जाने का एक भिन्न मार्ग चुनें। इसका अर्थ है कि आपको यात्रा में सामान्य से अधिक समय की ज़रूरत होगी इसलिए आपको बाकी दिनों के मुकाबले घर से जल्दी निकलना पड़ेगा। इसका मतलब है कि आपको अपनी दिनचर्या के सारे काम थोड़े जल्दी निबटाने होंगे। अंतत: इसका मतलब यह होगा कि आपको बाकी दिनों के मुकाबले थोड़ा जल्दी उठना होगा। फिर आप खुद से कहेंगे, 'अब कोई इंतज़ार नहीं...' अलार्म बजता है और आप बिस्तर छोड़ देते हैं।

उठते ही आजमाने के लिए इन रचनात्मक विचारों पर गौर करें :

- आँखों पर पट्टी बाँधकर सुबह के एक-दो काम करने की कोशिश करें, जैसे दाँतों पर ब्रश करना।

- उठते ही कोई अतार्किक चीज़ करने का इरादा रखें। नाचना, कूदना, हँसना आदि शुरू कर दें। विचार यह है कि आपका दिमाग सक्रीय हो जाए ताकि नींद दूर भाग जाए।

- जिस पल आप उठते हैं, कुछ रचनात्मक शारीरिक व्यायाम करें। बिस्तर पर लेटे-लेटे ही आँखों की कसरत करें।

- सोचने के लिए काओन पज़ल और सवालों का इस्तेमाल करें। काओन एक पहेली होती है, उदाहरण के लिए, 'आप एक हाथ से ताली कैसे बजा सकते हैं?' (आप नहीं कर सकते) लेकिन यह एक सतही जवाब है। इसका एक ज्ञानवर्धक जवाब भी है, जो तभी स्पष्ट होगा, जब आप इस पर गहराई से मनन करेंगे। इसे आजमाकर देखें।

- बाथरूम तक कूद-कूदकर जाएँ या दाँतों पर ब्रश करते समय कूदें।

## ८. समय पर जागने के लिए अपने फोकस को शिफ्ट करें:

यह तो बस फोकस को शिफ्ट करने का मामला है। आपने जो सोचा था कि आप करेंगे, 'समय पर जागेंगे', वह करने के दूरगामी प्रभाव को देखें।

यह महसूस करें कि आप कैसा महसूस करेंगे, जब आप खुद को सारे काम समय पर करते देखेंगे। इस अनुभूति को बिस्तर पर ही अनुभव करें, जब आप लेटे हुए हों। समय के अच्छे प्रबंधन से खुश और संतुष्ट होने का चित्र देखें। इससे आपको बिस्तर से बाहर कूदने की प्रेरणा मिल जाएगी।

जब आप काम पूरा कर लेते हैं तो उस संतुष्टि के भाव पर फोकस करें। उस दर्द को देखें, जो आप काम पूरा न करने पर महसूस करेंगे। लेकिन दर्द पर न अटक जाएँ। इसके बजाय अपना फोकस उपलब्धि के एहसास पर शिफ्ट कर लें। यह भावना आपको कर्म करने की दिशा में ले जाएगी।

सोचें कि आप अपने शॉवर लेने के बाद कैसा महसूस करेंगे– तरोताजा और छलाँग लगाने के लिए तैयार। यह तसवीर निश्चित रूप से आपसे तुरंत बिस्तर छोड़ने को कहेगी। समय पर जागने के परिणामों पर ध्यान केंद्रित करें। याद रखें, जागने का समय तय करने का चुनाव आपका था। यह निर्णय किसी दूसरे ने नहीं बल्कि आपने लिया था। परिणामों, अपनी उपलब्धियों के चित्रों को महसूस करें और उनका आनंद लें।

यदि आप विद्यार्थी हैं तो सोचें कि आप कैसा महसूस करेंगे, जब आपका होमवर्क पूरा हो जाएगा या आपके नोट्स पूरे बन जाएँगे। यह विचार और उसके साथ की भावना आपको उठने तथा बिस्तर छोड़ने के लिए प्रेरित कर देगी। बहुत अच्छे नंबरों के साथ अपना रिपोर्ट कार्ड देखना एक ऐसी चीज़ है, जो आपको सुबह तुरंत स्टडी टेबल पर पहुँचा देगी।

यदि आप गृहिणी हैं तो सोचें कि कैसा महसूस होगा, जब आप सफलतापूर्वक बच्चों को स्कूल और समय पर पति को ऑफिस भेज देंगी।

बिस्तर छोड़ने के इन तरीकों का इस्तेमाल करके सुबह की सुस्ती को भगाएँ।

अध्याय २४

# बिस्तर पर जाने से ठीक पहले करने योग्य चीज़ें
## सुबह जल्दी उठने की चौथी तकनीक

प्रार्थना करना न भूलें। ईश्वर को धन्यवाद दें। प्रार्थना में शक्ति होती है! अच्छी नींद के लिए बिस्तर, तापमान आदि की जाँच करें। एक अच्छी अलार्म घड़ी को सही जगह पर रखें। आप किसी अलार्मवाले रेडियो, एम.पी. ३ प्लेयर या सेल फोन का चुनाव भी कर सकते हैं। आप कमरे में कितना तापमान चाहते हैं, यह तय करें। आप खिड़कियाँ खुली रखना चाहते हैं या नहीं आदि।

अलार्म लगाने के अलावा नीचे कई उपाय बताए गए हैं। इनमें से एक या अधिक चुनाव निश्चित रूप से समय पर जागने में आपकी मदद करेंगे।

१. 'खुशी' की पासबुक :

रात को सोने से ठीक पहले खुद को बताएँ कि सुबह जागते ही आप क्या याद करना चाहेंगे।

खुद को बताएँ कि जागने के ठीक बाद आप कहेंगे, 'मैं भीख नहीं माँगूँगा।' सुबह आँख खोलते ही अगर आप अपने बैंक की पासबुक के बजाय 'खुशी' नाम की अपनी पासबुक देखते हैं तो आप कभी भीख नहीं माँगेंगे यानी कभी दुःखी नहीं होंगे। यदि आपने खुशी की पासबुक नहीं देखी तो दिन के अंत में आपको एहसास होगा कि उस पासबुक में आपके पास इतना कुछ था लेकिन आप दिनभर दूसरों से

खुशी पाने की भीख ही माँगते रहे।

'खुशी' की पासबुक और कहीं नहीं, आपके साथ ही है। चेतना की दौलत प्रचुरता में होती है लेकिन आपने खुशी की पासबुक देखी ही नहीं है इसलिए दूसरों से माँग रहे हो। अतः खुद से कहें कि 'सुबह जागते ही मैं अपनी खुशी की पासबुक देखूँगा।'

२. पूरे दिन की कल्पना करें :

रात को बिस्तर पर जाने से पहले उन सारी चीज़ों के बारे में सोचें, जो आप अगले दिन करेंगे। जागने के समय से शुरू करें और पूरे दिन को देखें। जो लोग सोने से पहले यह करते हैं, वे हैरान रह जाएँगे कि दिन कितनी अच्छी तरह गुज़रा। आपको अपने आप रिमाईन्डर मिलेंगे। लोग यह छोटा सा प्रयोग भी नहीं करते हैं। भले ही १० मिनट देर से सोएँ, लेकिन यह प्रयोग करें और इसके बाद ही सोएँ। इससे यह सुनिश्चित हो जाएगा कि आपका दिन बरबाद नहीं होगा।

सोने से पहले अपने मन में पूरे दिन के चित्र देखने के बाद खुद से कहें कि आप अपनी चेतना की दौलत की रक्षा करेंगे। जिस असीम कृपा की आप पर बारिश हो रही है, उसकी ओर देखें और उसे महसूस करें। इसे करेंगे तो आपका दिन इतना अच्छा गुज़रेगा कि आप हैरान रह जाएँगे।

३. मदद लें

खुद को जगाने के लिए अपने परिवार के किसी सदस्य की मदद लें। यदि उसे समय पर जागने में कोई दिक्कत न होती हो तो। आपको वह सारा लाड़-प्यार मिलेगा, जिसकी ज़रूरत आपको नींद से जागने के लिए है। या फिर लाड़-प्यार से कहीं आप दोबारा तो नहीं सो जाएँगे, इसका खयाल रखें।

४. पानी पीएँ

रात को सोने जाने से पहले एक बड़ा गिलास भरकर पानी पीएँ। कुछ लोगों को इससे जल्दी उठने में प्रकृति मदद करती है।

*टिप्पणी : यदि आप सोने जाने से पहले दूध, कॉफी या कोई अन्य पेय पीते हैं तो यह पक्का करें कि उसमें बहुत ज़्यादा शक्कर या कैफीन न हो। बहरहाल, कुदरती*

पेय पानी जल सबसे अच्छी तरह काम करता है।

## ५. याद करें

उन सभी कारणों को अवश्य याद करें कि आप अलार्म बजते ही बिस्तर से सीधे क्यों उठना चाहते हैं। अपने लक्ष्य, अपने उद्देश्य आदि को याद रखें। सुबह-सुबह आँखें खोलते ही अपना लक्ष्य याद करना समय पर जागने का एक अच्छा उपाय है। आप साप्ताहिक लक्ष्य तय कर सकते हैं और यह निर्णय ले सकते हैं कि उस सप्ताह के लक्ष्य की ओर आगे बढ़ने के लिए आपको कौन सा एक कार्य करना चाहिए। यदि संभव हो तो सुबह सबसे पहले उसी कार्य को करने का निर्णय लें।

## ६. तनावमुक्त हों

गरम पानी से स्नान करें, कोई रोचक पुस्तक पढ़ें, संगीत या भजन सुनें। इनसे आपको नींद का चक्र पूरा करने में मदद मिलेगी।

## ७. दिशायुक्त कल्पना करें

बिस्तर में लेटने के बाद यह निर्णय लें कि आप किस समय जागना चाहते हैं (मान लेते हैं, सुबह छह बजे)। खुद से यह वाक्य बार-बार कम से कम ५-६ बार दोहराकर कहें, 'मुझे कल सुबह ६ बजे जागना है।' दोहराते वक्त इसके चित्र की कल्पना करें। पूरी प्रक्रिया का चित्र अपने मन में बनाएँ और इसे बिलकुल वैसे ही होते हुए देखें। जब आपको जागना है तब घड़ी पर अंकों की कल्पना करें; अलार्म बजता है और आप तुरंत उठ जाते हैं।

इसका हर दिन अभ्यास करें। आप जितना अधिक अभ्यास करते हैं, उतनी ही जल्दी और गहराई से यह आदत आपके अवचेतन मन में स्थापित हो जाएगी। धीरे-धीरे आप देखेंगे कि आप अलार्म बजने से काफी पहले ही जाग जाते हैं।

अध्याय २५

# अलार्म बजने और उठने के ठीक बाद क्या करें
## सुबह जल्दी उठने की पाँचवीं तकनीक

आज के युग में कई लोग ज़्यादा सोने की आदत से परेशान हैं। कई लोगों को या तो ज़रूरत से ज़्यादा सोने की आदत होती है या फिर वे आलस के मारे बिस्तर पर लेटे रहते हैं।

आपमें से कुछ सुबह जल्दी जागने की बहुत कोशिशें करते हैं लेकिन जाग नहीं पाते। वैसे काम बड़ा आसान लगता है। बस अलार्म घड़ी में अलार्म लगाओ और मनचाहे समय पर उठ जाओ! लेकिन ऐसा होता नहीं है। अलार्म घड़ी के बावजूद कई लोगों को सुबह उठने में मुश्किल आती है और कई लोग तो अलार्म बजने के बाद भी सोते रहते हैं।

इस मामले में आपकी स्थिति कैसी है? क्या आप भी उन लोगों में से हैं, जो सुबह बिस्तर से उछलकर नहीं कूदते हैं? क्या आप भी उनमें से हैं, जो खुद से कहते हैं, 'तुरंत जागने की क्या ज़रूरत है? थोड़ी देर और सो लेते हैं?' यदि आपके साथ ऐसी स्थिति है तो आप अकेले नहीं हैं।

## अलार्म बजने पर करने योग्य बातें

१. चादर को दूर फेंक दें

जब आप अलार्म बजने से पहले जागें तो बिस्तर के आरामदेह एहसास को

तुरंत छोड़ दें। जैसे ही आप सुबह-सुबह आँखें खोलें, चादर या कंबल को अपने शरीर से दूर हटा दें।

### २. बत्ती जला दें

जैसे ही जागें, बत्ती जला दें। यह काम करवट बदलकर दोबारा सोने से पहले करें। मस्तिष्क प्रकाश पर प्रतिक्रिया करता है। रोशनी में यह तुरंत सक्रिय हो जाता है इसलिए आप दोबारा नहीं सो पाएँगे।

### ३. खुद को याद दिलाएँ

अपने लक्ष्य को याद कर लें। अगर आप ऐसा करते हैं तो नींद का कोई अवशेष भी बाकी नहीं रहेगा। आपकी शुभ इच्छा नींद को दूर भगा देगी और आप इसे हासिल करने की दिशा में सक्रिय हो जाएँगे।

### ४. संगीत चला दें

यदि संभव हो तो बिस्तर पर लेटे-लेटे ही व्यायाम संगीत चला दें। इससे आपको अपने दिन को नए अंदाज में शुरू करने में मदद मिलेगी। यह साबित हो चुका है कि अलग-अलग प्रकार के संगीत का मस्तिष्क पर अलग-अलग असर होता है।

### ५. प्रार्थना करें

सर्वशक्तिमान से गहरी प्रार्थना करके अपने दिन की शुरुआत करें।

### ६. ध्यान करें

उठते ही तुरंत ध्यान करना अच्छा रहता है। आप अपने बिस्तर पर बैठकर कम से कम दस-पंद्रह मिनट तक ध्यान कर सकते हैं।

### ७. नींद पूरी होते ही उठ जाएँ

नींद के स्वाभाविक चक्र और रात के हॉर्मोनल परिवर्तन कई लोगों को अलार्म बजने से पहले ही जगा देते हैं। यह एक संकेत है कि आप उठने के लिए तैयार हैं। यह सोचकर दोबारा न सो जाएँ कि अलार्म बजने पर जागेंगे। हो सकता है कि अलार्म

बजने पर आप न उठ पाएँ।

## ८. अपने कुदरती अलार्म को चालू कर दें

अलार्म बंद करते ही या फिर प्रार्थना या ध्यान के बाद अपने शरीर को तानें। खुद को बाईं और फिर दाईं ओर तानें यानी अपने बाएँ पैर और दाएँ हाथ को तानें... फिर इसके बाद दाएँ पैर और बाएँ हाथ को। और फिर एक ऐसा उपाय देखें, जो आलस को निश्चित रूप से दूर भगा देगा। अपने दाएँ हाथ की मुट्ठी से हवा में एक जोरदार मुक्का उछालें। अब आप बिस्तर से उछलकर कूदने के लिए पूरी तरह तरोताजा हो चुके हैं।

## बिस्तर से उठने पर करने योग्य बातें

### १. जागते रहें – दोबारा बिस्तर पर न जाएँ :

कुछ समय तक जागने के बाद भी कई बार यह प्रलोभन मन में आ सकता है कि 'बस एक मिनट के लिए बिस्तर पर लेट जाएँ।' कभी भी इस प्रलोभन में न आएँ। वरना हो सकता है कि आप न चाहते हुए भी सो जाएँ और आपकी सारी कोशिशों पर पानी फिर जाए। जागने का कारण याद रखें और आप देखेंगे कि आपका सारा आलस जल्द ही भाग जाएगा।

### २. शॉवर लें :

बिस्तर से बाहर निकलते ही नहा लें। आप पानी के तापमान को अपनी वात, पित्त, कफ प्रकृति अनुसार रख सकते हैं।

### ३. मुँह पर पानी मारें :

यदि नहाना तुरंत संभव न हो तो जागने के ठीक बाद चेहरे पर ठंढा पानी मारने से आपको नींद भगाने में मदद मिलेगी। ठंढा पानी आलस को दूर भगा देगा और आपको सक्रिय बना देगा।

### ४. पानी पीएँ :

पानी शरीर को उत्तेजित करता है। इसलिए जागने के बाद जल्द ही पानी पीने

से आपको जागते रहने में मदद मिलेगी।

**५. घूमें :**

सुबह की ठंढी हवा में घूमने से आप सुबह की ओस जितने तरोताजा महसूस करेंगे। सुबह के शुरुआती घंटे आपको आवश्यक शुद्ध ऑक्सीजन प्रदान करेंगे और अपने आस-पास की हरियाली में बेहतरीन समय गुज़ारने का मौका देंगे। ऐसे में आप प्रकृति को निहार सकते हैं और उसका आनंद ले सकते हैं।

आप गौर करेंगे कि आरामदेह बिस्तर छोड़ने में आलस की भावना के बावजूद टहलने से तनाव कम होता है, आपकी तंत्रिकाएँ शांत होती हैं और शरीर से हानिकारक पदार्थों की सफाई हो जाती है। सुबह घूमने से शरीर का तंत्र स्फूर्ति से भर जाता है, शरीर चुस्त होता है और आप दिन के काम के लिए तैयार हो जाते हैं।

अध्याय २६

# उठने के काफी बाद और सोने से काफी पहले करने योग्य ७ चीज़ें
## सुबह जल्दी उठने की छठवीं तकनीक

यह अध्याय आपको बताएगा कि दिनभर क्या करना है ताकि आप समय पर बिस्तर पर पहुँच सकें और समय पर जाग सकें।

**१. व्यायाम**

नियम से व्यायाम करें! इससे न सिर्फ आपका स्वास्थ्य बेहतर होगा बल्कि आपका रक्त संचार भी बेहतर होगा। नतीजन आप अधिक सक्रिय महसूस करेंगे और आपके चेहरे की रौनक भी बढ़ जाएगी। इसके अलावा शरीर का अच्छा व्यायाम करने से रात को नींद भी अच्छी आएगी।

सोने से ठीक पहले कठोर कसरत न करें वरना आपका शरीर आराम के लिए तैयार नहीं होगा। व्यायाम का सर्वश्रेष्ठ समय है सुबह-सुबह।

**२. विश्वास :**

स्वयं में विश्वास रखना किसी चीज़ को हासिल करने का सबसे महत्वपूर्ण गुण है।

इस खण्ड में बताई गई सभी तकनीकें तभी और सिर्फ तभी काम करेंगी, जब आपको खुद पर विश्वास होगा और आप उस दिशा में काम करेंगे।

इस पृथ्वी पर होनेवाले सभी चमत्कार हमारे विश्वास की शक्ति के आधार पर होते हैं। हमें जितनी आस्था होती है, उसी के अनुरूप परिणाम मिलते हैं। इसलिए अगर आप बेहतरीन जीवन जीना चाहते हैं तो आज से ही सकारात्मक स्वसंवाद में विश्वास करने लगें। इससे आपके विश्वास सकारात्मक और लाभकारी बन जाएँगे – न सिर्फ आपके लिए बल्कि सबके लिए।

### ३. 'इसे अभी करो' की आदत को सशक्त बनाना :

अति निद्रा के पैटर्न को तोड़ने के लिए आपको इसके विपरीत आदत को शक्तिशाली बनाना होगा। इसका एकदम विपरीत कदम है, 'इसे अभी करो।' यह आदत न सिर्फ आपकी अति निद्रा के पैटर्न को तोड़ देगी बल्कि आपको अधिक उपयोगी भी बना देगी क्योंकि आप अपने सभी काम 'तुरंत' करके अधिक सक्रिय बन जाएँगे।

जब भी आप अलार्म बजने के बाद नहीं उठ पाते हैं तो हर बार इसकी आदत मजबूत होती जाती है। आदत का सतत दोहराव ही आपका व्यवहार बन जाता है। उसे या किसी अन्य व्यवहार को बदलने का एकमात्र तरीका यह है कि आपको अपने अवचेतन मन की प्रोग्रामिंग को बदलने की ज़रूरत होगी।

### ४. क्रमश: बढ़ाएँ :

रोज़मर्रा की दिनचर्या को क्रमश: यानी धीरे-धीरे बढ़ाएँ। इसे धीरे-धीरे और लगातार करने से आपकी इच्छा शक्ति बेहतर होगी। अचानक डेढ़ घंटे पहले उठने की कोशिश न करें। इसके बजाय हर दिन सुबह दस मिनट जल्दी उठने का निश्चय करें। धीरे-धीरे करने से यह काम कहीं अधिक आसान हो जाता है।

### ५. खुद को पुरस्कार दें :

जब आप यह काम कर लें तो अपनी पीठ थपथपाएँ। आपने तय समय पर जागने का लक्ष्य हासिल कर लिया, भले ही यह सिर्फ १० मिनट पहले का था।

खुद को कोई उपहार दें। जैसे कोई अच्छी पुस्तक। अपनी प्रशंसा करें- अपनी उपलब्धि को लिखें। जैसे, अपनी दैनिक डायरी में लिख लें कि 'मैं आज सुबह इतने-इतने बजे उठ पाया-धन्यवाद।'

## ६. कभी-कभार उपवास पर जाएँ

जिस पल आपका मन बहस करने लगता है कि उठें या न उठें, जिस पल यह बहाने बनाने लगता है, शरीर तुरंत उसका समर्थन करने लगता है और हिलने को भी तैयार नहीं होता।

आप किसी भी चीज़ में सफल हो सकते हैं, बशर्ते आप उसे भोजन से जोड़ दें। खुद से यह वादा करें, 'जिस दिन मैं तय समय पर नहीं उठ पाऊँगा तो मैं दिनभर पसंद की सब्जी नहीं खाऊँगा।' इसे आजमाकर देखें, यह कारगर उपाय है! याद रखें, खुद से कुछ न छिपाएँ। अपने प्रति सच्चे रहें।

## ७. बेहतरीन समूह में रहें (समूह योजना सिद्धांत)

टीम का लाभ लें। मित्रों या परिवार के सदस्यों का एक समूह बनाएँ। यह एक ऐसा समूह होना चाहिए, जो समय-समय पर मिले और एक-दूसरे को ताजा जानकारी दे कि वे किस तरह सफलता और विकास की ओर बढ़ रहे हैं। आप टीम के नियम बना सकते हैं, जिसमें 'एक खास समय पर जागना' भी एक नियम हो सकता है। टीम का सबसे बड़ा लाभ यह है कि जो काबिलीयत टीम के किसी एक सदस्य के लिए स्वाभाविक है, उसे दूसरों को भी सिखाया जा सकता है और वे उसे आत्मसात कर सकते हैं। टीम का सदस्य हर दिन निश्चित समय पर आपको जगाने के लिए मोबाइल की घंटी का काम कर सकता है। इससे बहुत जल्द ही आप बिना अलार्म या मोबाइल की घंटी के जागने लगेंगे।

# खण्ड ४
## प्रार्थना-शंका-सार

लक्ष्मी मेहनती इंसान पर कृपा करती है और आलसी से नफरत, जो पूरी तरह किस्मत के भरोसे बैठा रहता है।
- पंचतंत्र

आलस्य मनुष्यों के शरीर में बैठा हुआ बड़ा भारी शत्रु है और उद्यम* उनका हितसाधन करनेवाला असामान्य बंधु है।
- भर्तृहरि

---

* कार्यशीलता

## भाग १
# सुस्ती मुक्ति प्रार्थना
## इ.एम.एस.वाय. ध्यान साधना

इंसान का शरीर पृथ्वी धातु है। पृथ्वी यानी इ.एम.एस.वाय.। आइए, अब इस पृथ्वी धातु के लिए प्रार्थना करने की विधि समझते हैं।

इ.एम.एस.वाय. की प्रार्थना के लिए जब आप ध्यान साधना के द्वारा अपने शरीर पर सफेद प्रकाश (व्हाईट लाइट) डालते हैं तब आप देखते हैं कि पृथ्वी धातु यानी आपके शरीर के अंदर का तम कम हो रहा है। इस समझ और विश्वास के साथ आप जब प्रार्थना करते हैं तब आपको शत-प्रतिशत परिणाम मिलते ही हैं। अतः आप यह साधना निरंतरता से करते रहें।

अब आप इस पुस्तक को थोड़ी देर के लिए बाजू में रखकर यह ध्यान साधना करें। यह साधना करने से पहले इसे पूरी तरह से समझ लें। जिसका आप प्रत्यक्ष अनुभव ले सकते हैं। इसे आप खड़े होकर या अपनी सुविधा अनुसार बैठकर भी कर सकते हैं।

आपके शरीर के अंदर पाँच तत्त्व हैं- पृथ्वी, वायु, अग्नि, जल और आकाश। इस वक्त आप अपने इ.एम.एस.वाय. को आगे दी हुई बातें बताएँ।

अपने इ.एम.एस.वाय. से कहें कि इसके अंदर जो अतिरिक्त तम है वह निकल जाए। वात, पित्त, कफ जैसे संतुलित होने चाहिए, वैसे ही शरीर से अतिरिक्त तम

(आलस्य, सुस्ती) निकल जाए। पात्रता बढ़ाने के लिए ग्रहणशील अवस्था में रहें। समझ रखें कि इस वक्त आप अपनी पात्रता बढ़ाने के लिए प्रार्थना कर रहे हैं।

जैसे आप पृथ्वी (विश्व) के लिए यह प्रार्थना करते हैं, वैसे ही यह प्रार्थना करें।

'ऊपर से सफेद रोशनी (व्हाईट लाइट)

पृथ्वी पर आ रही है

पृथ्वी से सारी नकारात्मकता

समाप्त हो रही है।

पृथ्वी से सुनहरी किरणें (गोल्डन लाइट)

बाहर निकल रही हैं।

यह 'विश्व शांति' प्रार्थना आपने देखी या सुनी होगी। अब इस प्रार्थना में आपको यह समझ जोड़नी है कि पंचतत्त्वों से बने शरीर में अग्नि, जल, वायु, आकाश और पृथ्वी धातु है।

पृथ्वी धातु यानी आपके शरीर को इस वक्त आप पृथ्वी की तरह गोल घुमाएँ। महसूस करें कि आपके शरीर पर व्हाईट लाइट आ रही है। इस भाव से आप उस प्रकाश को ग्रहण करें।

इस समझ के साथ अनुभव करें कि यह पृथ्वी धातु क्रियाशील (ऍक्टीवेट) हो रहा है और इसकी प्रार्थना के असर को ग्रहण करने की पात्रता बढ़ रही है। जिसका असर आपके पूर्ण शरीर पर हो रहा है।

पृथ्वी धातु तमोगुण से ज़्यादा नज़दीक है, अत: 'यह तमोगुण भी हमारे शरीर से निकले', यह विचार सतत् चलता रहे। जो भी लोग अपने अंदर तमोगुण को महसूस करते हैं, वे मन में भाव (इंटेन्शन) रखकर, संकल्प लेंगे कि 'यह व्हाईट लाइट मेरे तमोगुण को समाप्त कर, मुझे तथा मेरे पूरे शरीर को काया-वाचा-मन से पात्र बनानेवाली है। इस तरह आप इस प्रार्थना के महत्त्व को समझकर, इसे करने के लिए पूर्णतः तैयार हो जाएँ।

इस ध्यान साधना में यह समझ हो कि जैसे-जैसे आप घूम रहे हैं, वैसे-वैसे आपके अंदर की नकारात्मकता निकलती जा रही है। इस साधना में धीरे-धीरे गोल घूमें, गति ज़्यादा रखने की ज़रूरत नहीं है। इसमें चाहें तो आप अपने हाथ जोड़कर, खोलकर, ऊपर करके या बाजू में करके भी यह प्रार्थना कर सकते हैं। जो भी ग्रहणशीलता की स्थिति आपको सहज और सरल लगती है, उसे रखते हुए आप अपनी जगह पर धीरे-धीरे गोल-गोल घूमें। उस वक्त भाव यही रहे कि व्हाईट लाइट पृथ्वी पर यानी आपके ई.एम.एस.वाय. पर आ रही है और आपके साथ-साथ सबका मंगल हो रहा है। पृथ्वी पर रहनेवाले सभी लोग उसका लाभ ले रहे हैं। अंत में आप ईश्वर को धन्यवाद दें।

## ई.एम.एस.वाय. साधना की समझ :

उपरोक्त साधना से आप महसूस करेंगे कि आपका आत्मबल और पात्रता दोनों साथ-साथ बढ़ रहे हैं। आप तमोगुण से मुक्ति पा रहे हैं। इसमें यह ध्यान रखें कि पृथ्वी धातु जितना आवश्यक है, उतना ही कार्य करें। जितना आवश्यक है, उतना ही साधना का बल लगाया जाए। 'कोई मुझे देख रहा है या और कोई मेरे साथ में है', ऐसे विचारों में न अटकें बल्कि इस साधना का पूरा लाभ लें। इ.एम.एस.वाय. यानी पृथ्वी (अर्थ) को अपने ध्यान के क्षेत्र में बुलाकर कहें,

'मेरा शरीर इस वक्त पृथ्वी देह है।

पृथ्वी देह घूम रहा है

और उसके ऊपर व्हाईट लाइट आ रही है।

मैं इसे ग्रहण करते जा रहा हूँ, करते जा रहा हूँ...

करते जा रहा हूँ... करते जा रहा हूँ

समय के साथ मेरे अंदर की नकारात्मकता

समाप्त होती जा रही है।'

शरीर के पृथ्वी तत्त्व तुम में यह शक्ति है,

तुम मेरा तमोगुण दूर कर सकते हो।

तुम तमोगुण को समाप्त कर सकते हो।

कृपया तुम अपना कार्य शुरू करो।

मेरे ध्यान क्षेत्र से बाहर जाने के बाद भी

कृपया तुम अपना कार्य जारी रखना,

तब तक, जब तक मेरे शरीर में स्थित

अतिरिक्त तम समाप्त न हो जाए...

अतिरिक्त आलस्य, सुस्ती समाप्त न हो जाए

तब तक कृपया तुम यह कार्य करते रहना।

यह कार्य पूर्ण होने के बाद तुम

अपनी जगह पर जा सकते हो।'

यह कहते हुए उसे धन्यवाद दें और प्रेम, आनंद, मौन... प्रेम, आनंद, मौन... इन शब्दों का जाप कुछ देर तक करते रहें। इस तरह आप अपने तमोगुण को सहजता से दूर कर, अपने शरीर रूपी मंदिर को पवित्र रख सकते हैं।

इस साधना के बाद आप अपनी आँखें खोलकर आगे के कार्य में जुड़ सकते हैं।

## भाग २
# आलस्य
## शंका - समाधान

**सवाल १** : मैं थोड़ा तमोगुणी हूँ। मेरे अंदर 'कल-कल' अर्थात 'किसी भी कार्य को कल करूँगा', ऐसी कार्य को टालने की वृत्ति है। मेरा सवाल है कि उच्चतम विकसित समाज में रहनेवाला इंसान (इंडिविज्युअल) कैसा होना चाहिए? या उसकी अभिव्यक्ति कैसी होनी चाहिए? आजू-बाजू में माया और इतना सब कुछ होने के बावजूद कैसी अभिव्यक्ति हो तथा उच्चतम स्तर पर कैसे जाएँ?

**जवाब** : उच्चतम विकसित समाज में कपटमुक्त, ईमानदार और विश्वास करनेवाले लोग होते हैं। वहाँ आपको यह विश्वास होता है कि कोई भी आपकी कमज़ोरियों का गलत फायदा नहीं उठाएगा। इसलिए जब आप कपटमुक्त होकर लोगों से सहायता ले पाएँगे तो लोग आपको मार्गदर्शन देंगे।

जैसे बीमार होने पर आप डॉक्टर के पास जाते हैं। वहाँ पर आपकी जाँच-पड़ताल होने के बाद डॉक्टर द्वारा बताया जाता है कि 'आपको फलाँ बीमारी हुई है, जिसके लिए अनेकों इलाज हैं।' ठीक उसी प्रकार वृत्ति और सुस्ती को तोड़ने के भी कई इलाज एवं तरीके उपलब्ध हैं। आपके लिए परामर्शदाता, शुभचिंतक उपलब्ध हैं, जिनसे बातचीत करके आप अपने अवगुणों को दूर करने हेतु आवश्यक कदम उठा सकते हैं। इसका अर्थ यह नहीं है कि लोगों में गलत वृत्तियाँ नहीं हैं। इसके बावजूद भी हरेक को पता है कि उन्हें उच्चतम चुनाव करना है। जहाँ पर स्पष्ट है कि शरीर को बचाकर, सुख-सुविधाओं में रहकर न तो कोई भी उच्च कार्य होनेवाला है और

न ही महानिर्वाण निर्माण की तैयारी होनेवाली है। वहाँ पर सहजता से लोग जो भी चुनाव करेंगे, उच्चतम की तरफ ही करेंगे और जो भी दिक्कतें हैं, उनका समाधान भी निकालेंगे।

जैसे आपकी गाड़ी की रफ्तार या एवरेज कम हो जाता है तो आप उसे गैरेज में ले जाकर ठीक करवाते हैं। वैसे ही अगर आपके शरीर में तमोगुण आ गया है तो लोग मार्गदर्शन देने के लिए उपलब्ध हैं। आपको इस बात से बिलकुल डरना नहीं है कि 'कोई भी मेरी कमज़ोरी जानकर, मेरे साथ विश्वासघात (ब्लैकमेल) करेगा।' क्योंकि जो लोग उच्चतम विकसित समाज में कार्य कर रहे हैं, उच्च सेवाएँ चुन रहे हैं, वे पहले खुद तैयार हुए और फिर वैसी सेवाएँ दे रहे हैं। इसी के फलस्वरूप जहाँ-जहाँ भी लोगों के चेतना के स्तर में कमी आती है तो उसे सुधारने हेतु उपलब्ध ज्ञान एवं उपायों पर शिविरों का आयोजन किया जाता है। जिन्हें पृथ्वी लक्ष्य स्पष्ट है, वे उनका जल्दी लाभ ले पाते हैं। इस तरह इन सबका मिला-जुला असर समाज को ऊपर उठाता है।

**सवाल २** : सरश्री माझा पहिला प्रश्न असा आहे की वारंवार मनाची अवस्था येते की काहीच करावेसे वाटत नाही. विकासाच्या दृष्टीने जे पाऊल पडले पाहिजे ते पडत नाही. बस संथ आयुष्य चालतं आणि असे वारंवार होतं. तुम्ही जसं म्हणता की प्रत्येक दृश्य हे पुढच्या दृश्याची तयारी आहे (हर सीन नेक्स्ट सीन की तैयारी है) हे आजचे दृश्य असेल तर उद्या कसा असेल? अशी मनाची अवस्था का आहे? ती बदलण्यासाठी काय केलं पाहिजे?

(सरश्री मेरा पहला सवाल यह है कि बार-बार मन की अवस्था ऐसी होती है कि कुछ भी करने को जी नहीं चाहता। तरक्की की ओर जो कदम उठने चाहिए, वे उठ नहीं पाते। ऐसा हमेशा होते रहता है और जीवन बस धीमी गति से चल रहा है। जैसा कि आप कहते हैं, 'हर सीन नेक्स्ट सीन की तैयारी है', अगर मेरे जीवन में आज का दृश्य यह है तो कल कैसा होगा? मन की ऐसी अवस्था क्यों है और इसे बदलने के लिए क्या करना चाहिए?)

**जवाब** : काय केलं पाहिजे, हे सरश्रींनी सांगितलं तर कराल का? नाही तर म्हणाल की होत नाही, काय करू? यदि आपका जवाब 'हाँ' में है तो आगे बढ़ते हैं।

**खोजी** : 'हाँ' मैं आपके द्वारा दिए गए मार्गदर्शन पर कार्य करूँगा।

**जवाब** : सबसे पहले आप छोटे-छोटे कदम निश्चित उठाएँ। जान लें कि मन जो

काम नहीं करना चाहता, वह आपके लिए सोचने हेतु जीवन का पहला मध्यांतर (इंटरवल) है। यदि आपने 'जीवन का पहला इंटरवल' पुस्तक नहीं पढ़ा है तो पहला काम यही करें कि यह पुस्तक पढ़ लें। पुस्तक पढ़ने के बाद आपकी समझ में आएगा कि कुछ छोटे-छोटे कदम निश्चित करके उठाने हैं, जो आगे चलकर आपके काम आ सकते हैं। क्योंकि अभी आपका मध्यांतर चल रहा है और उस समय में जो कार्य होने चाहिए, वे आप नहीं कर रहे हैं। ऐसे में आप खुद अपने मन से पूछें कि 'ये कार्य आप कितने समय में कर सकते हैं?' मान लें, ध्यान में बैठना है तो आप कितनी देर बैठ सकते हैं? पाँच... दस... बीस... कितने मिनट? यह स्वयं निश्चित करें। प्रार्थना कितनी बार और पठन कितने समय तक कर सकते हैं? कुछ कार्य जो आपके पढ़ाई, घर और बाकी चीज़ों से संबंधित हैं, उनके लिए कितना समय दे सकते हैं? फिर थोड़ा समय निश्चित कर, वह कार्य पूर्ण किया तो आपका आत्मविश्वास बढ़ेगा।

जिन्हें आत्मविश्वास बढ़ाना होता है, वे दृढ़ निश्चय करते हैं कि आज यह कार्य समाप्त करना ही है। फिर वे निश्चित किए हुए कार्य को समय पर समाप्त कर ही लेते हैं। इस वजह से उनके अंदर आत्मविश्वास जगता है। आपको भी पहले छोटे-छोटे कार्य सफलतापूर्वक पूर्ण कर लेने हैं। फिर आप देखेंगे कि थोड़ा और बड़ा कार्य आपसे संभव हो पाएगा और कोई भी कार्य करने में आपको दिक्कत महसूस नहीं होगी।

गर्भ में स्थित शिशु तमोगुण में ही होता है। उसके बावजूद भी उसका विकास होते रहता है क्योंकि गर्भ में वह गुणातीत अवस्था में यानी अनुभव पर है। तमोगुण के कारण, आप कुछ भी नहीं कर रहे हैं, साथ ही अनुभव पर भी नहीं है तो ऐसे में उसका लाभ नहीं उठा पाते हैं।

अब आप तमोगुण के बाद रजोगुण को जानें। रजोगुण यानी जो शरीर कहीं भी आ-जा सकता है और कोई भी कार्य कर सकता है। अपने आपको थोड़ी-थोड़ी समझ दें ताकि आप तमोगुण से थोड़ा आगे तमोमद की तरफ जा पाएँ। उसके बाद तमोमद से रजोगुणी बनना आसान हो जाएगा। तमोमद अर्थात तमोगुण से आगे परंतु रजोगुण से पहले की अवस्था है। उसके बाद रजोगुण से रजोमद, रजोमद से सत्वगुण, सत्वगुण से सत्वमद की तरफ और अंत में गुणातीत अवस्था तक पहुँचना कदम-दर-कदम आसान होता जाएगा। यहाँ से आप तीनों अवस्थाओं का उपयोग कर सकेंगे। जिसमें तमोगुण का इस्तेमाल समाधि के लिए करना है। अर्थात ध्यान में

बैठने के लिए तमोगुण (शांत बैठ पाना), अभिव्यक्ति के लिए रजोगुण (भाग-दौड़) और लोक कल्याण (अव्यक्तिगत कार्य करने) के लिए सत्वगुण का इस्तेमाल करना है।

इन सबमें मुख्य शिफ्टिंग यह है कि आप तीनों गुणों का इस्तेमाल करेंगे मगर इनसे अलग रहना (गुणातीत बनना) ही आपका मूल लक्ष्य है। अभी आप पहली अवस्था में हैं तो दूसरी अवस्था की तरफ जाने के लिए छोटे-छोटे कदम निश्चित करें। मन से पूछें, 'मैं कितना कार्य कर सकता हूँ?' मन कहेगा, 'अभी मैं इतना ही कर सकता हूँ' तो उससे उतना ही कार्य करवाएँ परंतु निरंतरता से प्रतिदिन करवाएँ। फिर आप देखेंगे आपका आत्मविश्वास निरंतर बढ़ता जाएगा और आपके कार्य भी पहले की तुलना में ज़्यादा और सफलतापूर्वक संपन्न होंगे।

उपरोक्त बातें सभी के लिए लागू होती हैं। विशेषकर युवा पीढ़ी के लिए तो यह आवश्यक ही है। बहुत से लोग लक्ष्यहीन अवस्था में अटके हुए हैं क्योंकि उन्हें क्या करना है, यह वे निश्चित ही नहीं कर पाते। अतः आप खुद अपना लक्ष्य निर्धारित करें और खुद से ही पूछें, 'मुझे क्या करना है और मेरे जीवन का अर्थ क्या है?' आपको ढूँढ़ना है कि आपका मनोशरीर यंत्र (एम.एस.वाय.) कौनसे कार्य करने से खुश होगा? अतः अपने आपसे पूछें, 'मेरा लक्ष्य क्या है? एक समय निश्चित कर, उस समय तक मुझे अपना लक्ष्य निर्धारित करना ही है।' तद्पश्चात आप देखेंगे निर्धारित समय पर सभी चीज़ें पूरी हो गईं।

**सवाल ३** : मेरे शरीर में सुस्ती की प्रवृत्ति है। 'सब कुछ फुरसत और आराम से हो। कोई मुझ पर किसी भी प्रकार का दबाव न डाले, जल्दबाजी न करे', मेरी यही वृत्ति हर कार्य में बाधा निर्माण कर रही है। उसकी वजह से मैं कोई भी कार्य या सेवा पूरी तरह से नहीं कर पाता। कोई भी निर्णय नहीं ले पाता हूँ कि 'निश्चित मुझे यही चाहिए और ऐसा ही करना है।'

जब भी मैं किसी दूसरे का व्यवहार या उसकी कुछ बातें देखता हूँ तो मेरे आत्मविश्वास में कमी आने लगती है। फलस्वरूप मुझ पर सुस्ती छाने लगती है और मैं मेहनत करने से कतराने लगता हूँ। 'मुझे भी वैसा ही मिले... वैसा ही हो...' ऐसे विचार मेरे अंदर चलने लगते हैं। इसी के चलते मेरे विचारों एवं निश्चय में डबल टॉस (दोहरी प्रार्थना) होकर, सफलता में देरी होने लगती है या मुझे असफलता का मुँह देखना पड़ता है।

**जवाब** : आपके सवालों में दो तरह की बातें सामने आई हैं- एक सुस्ती और दूसरी दिखावटी सत्य देखकर आपके विचार या निश्चय (प्रार्थना) का बदलते रहना। आपको दोनों पर ही कार्य करना है। तमोगुण हटाने हेतु आपको अपने आपसे काम करवाने के लिए इच्छा शक्ति (विल पॉवर) का इस्तेमाल करना होगा। रोज़ कुछ ऐसी गतिविधियाँ करनी होंगी, जिन्हें करने से आपका मन टालता रहता है। अतः किसी भी कार्य को देखते ही आपके मन में विचार आए कि 'यह कार्य आज नहीं कल करेंगे' तब उससे संबंधित एक-दो कर्म उसी समय कर लें। आप खुद को यह आदत अवश्य डालें, जिससे आपका तमोगुण कम होते-होते निकल ही जाए।

आज हरेक की जीवन शैली अलग-अलग हो चुकी है। कुछ बच्चे बचपन से ही अलग ढंग से पल-बढ़कर बड़े होते हैं। बड़े होने पर उन्हीं ढंगों के कारण उन्हें दिक्कतें आती हैं। कई बार माता-पिता जानते ही नहीं कि वे प्रेम की वजह से बच्चों को तमोगुण दे रहे हैं। फिर तमोगुण को निकालने में व्यर्थ समय गँवाना पड़ता है। चूँकि तमोगुण निकालना भी उतना ही आवश्यक है, जिसकी कहीं से तो शुरुआत कर, कुछ कार्य शुरू करने पड़ेंगे। आप देखें कि सभी दिक्कतों के बावजूद भी आज क्या हो सकता है, कम से कम उतना तो ज़रूर करें। इन गतिविधियों में रोज़ के कार्यों के अलावा योगा, शारीरिक व्यायाम आदि भी करना आवश्यक है। जिनकी वजह से शरीर निरोगी और फुर्तिला रहता है, साथ ही तमोगुण भी कम होता जाता है। इसलिए अब स्वयं से पूछें, 'क्या मैं यह सब कुछ करता हूँ या नहीं?' अगर आपका उत्तर 'ना' है तो आपको तुरंत ये सब प्रारंभ करना चाहिए।

सोचें, आपको योगासन करने के लिए क्यों बताया जा रहा है? वह इसलिए कि कई लोगों के अंदर तमोगुण भरा होता है परंतु सत्य की प्यास भी होती है। अतः वे लोग सत्य प्राप्ति के उद्देश्य से तमोगुण को खत्म करने हेतु नियमित योग-प्राणायाम करें। रोज़ थोड़ा-थोड़ा करेंगे तो उसकी आदत लगेगी। गुरु आपकी आगे की संभावनाएँ देख पाते हैं इसलिए ऐसी आदतें बढ़ाने के लिए कहते हैं।

याद रहे, कुछ करने में शर्म तब महसूस होती है, जब आप वाकई किसी बड़े मुकाम पर पहुँच जाते हैं। आप 'ऐसा तो सब करते रहते हैं, जीवन ऐसा ही है, ऐसा ही चलते रहेगा', यह सोचकर औरों जैसा ही व्यवहार करते रहते हैं। साधारणतः लोग भी इन्हीं विचारों के होने की वजह से आपको कभी कुछ बोलते नहीं हैं। गुरु चाहते हैं कि उच्चतम संभावनाओं को प्राप्त करने में कहीं आपसे ऐसी गलतियाँ न हो जाएँ, जिनकी कालांतर में याद आने पर आपको शर्म महसूस हो। विशेषतः

तब, जब आप लोगों के लिए आदर्श बनते हैं और वे आपसे प्रेरणा ले रहे होते हैं। गुरु चाहते हैं कि आप ऐसे ऊँचे मुकाम पर पहुँचें, जहाँ से आप शान से कह पाएँ, 'इतने सुंदर ढंग से हमारा जीवन बीता है। यह जीवन एक खुली किताब है और लोग उस किताब से प्रेरणा लें।' आपके जीवन की किताब पढ़कर लोगों को प्रेरणा मिले और वे कहें कि 'हमें भी ऐसा ही जीवन जीना है। इन कठिन परिस्थितियों में रहकर इन्होंने इतना सब कुछ किया, खुद को सँभाला तो हम भी खुद को सँभाल सकते हैं।' आप इस बात का अवश्य ध्यान रखें कि गुरु आपकी कौन सी संभावनाएँ देख रहे हैं। उस अनुसार वे चाहते हैं कि आपसे ऐसी गलतियाँ न हों, जिससे आपको भविष्य में पछताना पड़े।

मान लीजिए एक इंसान है, जिसे मालूम नहीं है कि वह बुद्ध बनेगा, महावीर बनेगा या महात्मा गांधी? वह तो औरों की देखा-देखी ही जीता है। फिर किसी बड़े मुकाम पर पहुँच जाने के बाद उसे पहले के जीवन की घटनाएँ याद आने पर परेशानी होने लगती है। वह सोचता रहता है कि 'काश! मुझे पहले ही मालूम होता कि मेरी शिक्षक, सत्यप्रसारक, सत्याचार्य जैसी कोई ऊँची भूमिका है तो मैं भूतकाल में वैसी गलतियाँ कभी नहीं करता। मैं कभी शराब नहीं पीता, किसी नशे की आदत नहीं लगाता।' इसलिए अभी से खुद को बताना है कि क्या, कब, कितना, कहाँ और कैसे करना है? हम स्वयं के साथ औरों को भी बता पाएँ, 'हम अपने देश या विदेश में स्वअनुभव पर रहकर स्वदेशी बने रह सकते हैं।' आपको ऐसा बनना है और दूसरे भी ऐसा बन पाएँ, इस हेतु सतत् कार्य करते रहना है।

आज भले ही आपके लिए सुस्ती बाधा है फिर भी कुछ कार्य तो किया ही जा सकता है। दो प्रकार की अतियाँ होती हैं। एक है ज़्यादा सोचकर भी कुछ न करना और दूसरी है कि बिलकुल न करना। इन दोनों में किसी भी प्रकार से जीनेवाले लोग अतियों में ही जाते हैं। परंतु आपको किसी भी अति में नहीं जाना है बल्कि थोड़ा-थोड़ा ही सही लेकिन हर रोज़ स्वयं से कार्य करवाना है। इस प्रकार आपको मेहनत करने की आदत लग जाएगी। कोई भी आदत किसी कार्य को निरंतरता के साथ करते रहने से लगती है।

आप पुस्तकों की दुकान, प्रदर्शनी इत्यादि जगहों पर पुस्तकें देखते हैं। एक या दो महीनों में कोई न कोई नई पुस्तक आती ही है। कभी आपने सोचा है कि यह कैसे और क्यों होता है? क्योंकि लोग लगातार पुस्तकों पर निरंतरता से कार्य कर ही रहे हैं। किसी महान विभूति या महापुरुष के प्रवचनों, भाषणों इत्यादि से

जो भी आवश्यक एवं उपयोगी बातें हैं, उन पर कार्य कर लोगों तक उस ज्ञान को पहुँचाते हैं। नतीजन आप देखते हैं कि उन लोगों की श्रद्धा, निष्ठा, लगन और मेहनत के फलस्वरूप ऐसी श्रेष्ठ पुस्तकें आप तक पहुँचती हैं। आप अपने जीवन में ऐसी पुस्तकों से ज्ञान और मार्गदर्शन पाकर उच्चतम लाभ उठा पाते हैं। जिस तरह पुस्तकों पर कार्य करनेवाले लोगों को, थोड़ा-थोड़ा ही सही लेकिन सतत् कार्य करने की आदत होती है, वही आदत गुरु आपको भी लगाना चाहते हैं। आप भले ही उन पुस्तकों से एक-एक परिच्छेद ही पढ़ने की आदत डालें, यही सही तरीका है। इस आदत के अंतर्गत आप अपनी सुस्ती को मिटाने के लिए स्वयं में चुस्ती के बीज डालते जाएँ। ताकि आप सुस्ती तथा दिखावटी सत्य की दुनिया में व्याप्त गलतियों से मुक्त होकर, अपने जीवन में उच्चतम अभिव्यक्ति कर पाएँ, औरों के लिए आदर्श बन उनके सर्वांगीण विकास हेतु निमित्त बन पाएँ।

**सवाल ४ :** सरश्री महाआसमानी शिविर होने के बाद श्रवण, पठन इत्यादि चल रहा है। कभी-कभी ऐसे होता है कि शिविर में मिली समझ का उपयोग करना भी सुस्ती के चलते टालना होता है। हर कार्य समय पर करने का विचार रहता है लेकिन आलस्यवश 'चलो बाद में करेंगे' का विचार रहता है। जब सामनेवाला कोई साधना करता है तब लगता है, 'यह साधना इसने की तो अब मैं भी करके देखता हूँ' लेकिन होती नहीं है। अतः महाआसमानी शिविर में दी गई समझ जीवन में उतारने के लिए मार्गदर्शन चाहिए।

**जवाब :** मार्गदर्शन के अनुसार एक भाग में श्रवण एवं मनन अधिक बढ़ना चाहिए। श्रवण के माध्यम से ही आप कुछ बातें जान पाएँगे। दूसरे भाग में, आपकी इच्छा, शुभ इच्छा और आज़ादी के प्रति लगन एवं प्रेम बढ़ना चाहिए। जब तक आपके अंदर आज़ादी के प्रति प्रेम नहीं जगता तब तक ज्ञान प्राप्त करके भी आप सुस्त ही रह जाएँगे। कोई इंसान सत्संग में आता है लेकिन उसकी स्वयं आज़ाद होने की इच्छा नहीं है तब वह सोचता है कि 'सत्संग में बहुत अच्छा बताया है मगर ये बातें मेरे घरवालों को करनी चाहिए।'

फिर लगातार सत्य श्रवण करने के बाद उसका विकास होता है। अंततः उसमें दृढ़ता आती है कि 'यह बहुत अच्छी बात है और मुझे स्वयं करनी चाहिए।' अतः वह प्राप्त ज्ञान के अनुसार कार्य करना चाहता है लेकिन उसका आलस्य उसे आगे बढ़ने नहीं देता। वह सोचता है, 'यह बहुत अच्छा ज्ञान है, आगे चलकर ज़रूर इस पर अमल करेंगे...।' ऐसा इसलिए होता है क्योंकि उसकी इच्छा, शुभ इच्छा

को अभी समुचित बल नहीं मिला है। आज़ादी के प्रति जो प्रेम होना चाहिए, वह अभी बढ़ा नहीं है। आज़ादी की अलग कल्पना करने के कारण उसे इसकी कुछ आवश्यकता नहीं लगती। वह कभी सोचता भी नहीं है कि 'पृथ्वी पर मेरे जीवन का लक्ष्य क्या है, क्यों है... उसे पूरा करने में कितना समय है...?' वैसे देखा जाए तो पार्टटू (मृत्यु उपरांत जीवन) की तुलना में पार्ट वन (पृथ्वी जीवन) का समय बहुत छोटा है। पृथ्वी जीवन में आप कहेंगे, 'अस्सी साल... सौ साल... का इतना बड़ा समय है तो समझ पर कार्य करने के लिए अभी बहुत समय बचा है।' अर्थात आप पार्ट वन से पार्टटू का समय देखेंगे तो बहुत बड़ा लगेगा। जबकि पार्टटू से पार्ट वन का समय देखेंगे तो वह बहुत छोटा होता है। इसमें संदर्भ स्रोत (रेफरन्स पॉईंट) समझना ज़रूरी है। आप कहाँ से सोच रहे हैं, यह महत्वपूर्ण है।

कुछ बातें सत्संग में ज्ञान प्राप्त होने के बावजूद भी नहीं हो रही हैं तो आपको खोज करनी है कि आप कहाँ से देख रहे हैं? मान लें, आपके सामने पानी का गिलास रखा है लेकिन तीव्र प्यास न होने के कारण आप पानी पीने के लिए गिलास की तरफ अपना हाथ नहीं बढ़ाएँगे। उसी तरह आपके अंदर सत्य के प्रति प्यास अभी भी पूरी तरह से जगी नहीं है या आप संसार रूपी टी.वी. पर दिखनेवाले कार्यक्रमों में ही ज़्यादा दिलचस्पी ले रहे हैं। इसलिए सत्य की तरफ आपके कदम नहीं उठ रहे हैं। अतः अपने अपेक्षित कार्य पर तुरंत कार्यवाही शुरू होनी चाहिए। यदि नहीं होती है तो इसका मतलब आपने अभी भी कुछ भाग ठीक से नहीं समझा है। वरना कितने ही लोग दावा करते हैं, 'मुझे तो सब समझ में आया है' लेकिन उनके जीवन में कोई परिवर्तन दिखाई नहीं देता। यदि आपने कुछ बातें समझी भी हैं तो बिना गहराई और गंभीरता से। अभी तक आपमें सत्य के प्रति उतनी गहनता नहीं आई है।

सत्य की दृढ़ता प्राप्त होने पर आपके जीवन में दुःख का कोई कारण शेष नहीं बचेगा। आप हर दुःख से मुक्त हो जाएँगे। आपका स्वतः ही मनन होगा कि 'वाकई फलाँ दुःख मनाने के लिए एक क्षण भी अधिक देने की आवश्यकता है क्या?' आपका जवाब आएगा 'ना'। मगर यह पक्का नहीं हुआ है तो इंसान का मन सबूत चाहता है। इसलिए उसे बहुत सबूत देने पड़ते हैं। आपको भी अपने आपको बहुत सबूत देने हैं कि आज़ाद जीवन, मुक्त जीवन ही आपका परम लक्ष्य है। वही प्राप्त करने के लिए आप पृथ्वी पर आए हैं।

जीवन आपको बहुत बार अलग-अलग तरीके से संकेत दे चुका है। आपने संकेत का अर्थ (डिकोड) समझा नहीं है। अब आप फिर से कुदरत की नियामतों,

कृपाओं को याद करेंगे तो सत्य के प्रति तीव्रता बढ़ेगी। वरना लोगों को पता भी नहीं है कि ऐसी कोई संस्था है, जो सातवें स्तर के लिए आपको तैयार कर रही है। जब उन्हें इस बात का पता चलेगा तब पार्टटू को सातवें स्तर तक ले जाने के लिए, वे भी उसमें प्रवेश लेंगे।

इसके पहले आपकी शुभ इच्छा को बल मिले। तत्पश्चात आप देखेंगे आपकी ओर से हर दिन कोई न कोई नए प्रयोग हो ही रहे हैं। जब तक आपका मन इस ज्ञान को पूरी तरह से समझे तब तक आप उससे छोटे-छोटे कार्य करवाना सीखें, जीवन में अनुशासन लाएँ। इसमें आलस्य (तमोगुण) आएगा मगर आपको तमोगुण से रजोगुण की तरफ जाना है। फिर रजोगुण से सत्वगुण की तरफ बढ़ें और उसके बाद गुणातीत अवस्था की तरफ जाएँ। यही विकास का सच्चा मार्ग है। आपको आलस्य तोड़ने के मौके रोज़ मिल ही रहे हैं, उन पर कार्य करेंगे तो आप स्वयं को शाबाशी देकर कह पाएँगे, 'अच्छा है। आलस्य आया इसके बावजूद भी थोड़ा कार्य किया मगर किया तो सही।' इससे दिन-ब-दिन आपका आत्मविश्वास बढ़ेगा।

ये सभी बातें आपने समझीं हों फिर भी जीवन में लागू नहीं हो रही हैं तो मन से कहें, 'तुमने अभी समझा नहीं है। अगर समझा होता तो क्रिया में आती।' इसे यूँ समझें– जैसे दूर से देखने पर कोई रस्सी साँप लग रही है और नज़दीक जाकर देखने पर आपको समझ में आ जाए कि 'यह रस्सी है' तो आप उसके आगे जाकर, उसके ऊपर नाचेंगे। मगर यदि आप आगे जाने से ही डर रहे हैं तो आप कभी जान ही नहीं पाएँगे कि आप रस्सी को साँप समझ रहे थे। तात्पर्य – कोई भी कार्य करने के लिए शुरुआत में मन बहाने देगा, उसकी डबल गेम चलेगी लेकिन सत्य की ज़रूरत और प्राथमिकता पता चलेगी तो आप मन के बहानों को जवाब दे पाएँगे, न कि उन जवाबों में बहेंगे।

**सवाल ५ :** सुस्त इंसान के लिए गुरु कृपा किस तरह कार्य करती है, कृपया मार्गदर्शन दें।

**जवाब :** जब गुरु कृपा का चाबुक बैठता है तब स्वयं पर अंकुश लगता है। जिस तरह महावत हाथी के सिर पर अंकुश चुभोकर उसे नियंत्रण में रखता है, उसी तरह गुरु भी अलग-अलग लोगों के लिए, अलग-अलग तरीके की भूमिका निभाते हैं।

तमोगुणी के लिए गुरु चाबुक समान हैं। तमोगुणी यानी सुस्त, आलसी इंसान को कार्यरत रखने हेतु चाबुक की आवश्यकता होती है। तमोगुणी इंसान की पहचान

का बखान इस तरह किया जा सकता है। तमोगुणी को चलने की सुविधा है तो वह दौड़ेगा नहीं... खड़े होने की सुविधा है तो चलेगा नहीं... बैठने की सुविधा है तो खड़ा नहीं होगा... लेटने की सुविधा है तो बैठेगा नहीं। ऐसे में उसे केवल कृपा की ही आवश्यकता होती है वरना वह वैसे ही रहेगा। गुरु द्वारा चाबुक लगाने पर तमोगुणी को पहले लगेगा नहीं कि 'यह कृपा है', उसे कृपा बिलकुल समझ में नहीं आएगी।

इंसान के अंदर का तमोगुण, तंद्रा, बेहोशी चाहता है। कुछ तो उसे मिले ताकि थोड़ी बेहोशी आए, अच्छा लगे। वह चाहता है कि उसे कुछ नया अनुभव मिले इसलिए वह नशीली चीज़ें जैसे तंबाकू, शराब, अफीम, चरस, गांजा, हशीश आदि का सेवन करता है। इसके पीछे उसकी अंदरूनी चाहत होती है 'तमोगुण।' बेहोशी के बाद तमोगुणी इंसान को अच्छा महसूस होता है तो आगे भी उसकी खोज वैसी ही चलती रहती है। उसके अंदर का तमोगुण बहकता है, उछलता है कि 'कुछ तो दो।' ऐसे में शरीर का संतुलन बनाए रखने हेतु तमोगुणी इंसान को गुरु व्यायाम करने की आज्ञा देते हैं। हालाँकि पहले मन नहीं मानता है। अंदर का तमोगुण कहता है, 'मत करो।' तब भले ही वह उछल रहा हो मगर गुरु आज्ञा के अनुसार आपको व्यायाम करना है। वास्तव में आपको गुरु के प्रति प्रेम है, आपका आपके प्रति प्रेम है, यह आत्मकृपा है इसलिए यह विचार आया है कि शरीर को व्यायाम देना है।

यदि आपको स्वयं (सेल्फ) के प्रति प्रेम है तो आप अपने आपको प्राणायाम रूपी फूल देंगे। वरना साँस लेने में भी इंसान में तमोगुण आ जाता है। वह छोटी-छोटी साँस लेते रहता है, थोड़ी गहरी साँस लेने के लिए सुस्ती करता है। अतः खुद को होश में प्रेम करें। होश में साँस लेना यानी गहरी साँस लेते रहना, यह तमोगुण पर एक प्रहार है। ऐसा इसलिए करना आवश्यक है ताकि तमोगुण खत्म हो जाए। नई संभावना आए और आत्मकृपा हो जाए। तमोगुण से निकलने पर एक तरफ रजोगुण, दूसरी तरफ सत्वगुण और बीच में गुणातीत अवस्था अर्थात सबके पार की अवस्था है। अतः आपको तीनों गुणों में संतुलन साधते हुए, सबके पार गुणातीत अवस्था में स्थापित होना है।

---

पुस्तक पढ़ने के बाद आप अपना अभिप्राय (विचार सेवा) इस पते पर भेज सकते हैं- Tej Gyan Global Foundation, Pimpri Colony Post Office, P.O. Box 25, Pune - 411 017, Maharashtra (India).

# परिशिष्ट

## सरश्री अल्प परिचय

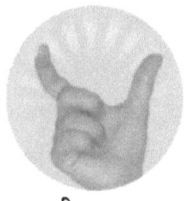

स्वीकार मुद्रा

सरश्री की आध्यात्मिक खोज का सफर उनके बचपन से प्रारंभ हो गया था। इस खोज के दौरान उन्होंने अनेक प्रकार की पुस्तकों का अध्ययन किया। अपने आध्यात्मिक अनुसंधान के दौरान उन्होंने लगभग सभी ध्यान पद्धतियों का भी अभ्यास किया। उनकी इसी खोज ने उन्हें कई वैचारिक और शैक्षणिक संस्थानों की ओर बढ़ाया। जीवन का रहस्य समझने के लिए उन्होंने **एक लंबी अवधि तक मनन करते हुए अपनी खोज जारी रखी, जिसके अंत में उन्हें आत्मबोध प्राप्त हुआ।** आत्मसाक्षात्कार के बाद उन्होंने जाना कि **अध्यात्म का हर मार्ग जिस कड़ी से जुड़ा है वह है- समझ (अंडरस्टैण्डिंग)।** उसके बाद उन्होंने अपने तत्कालीन अध्यापन कार्य को विराम लगाते हुए, लगभग दो दशकों से भी अधिक समय अपना समस्त जीवन मानवजाति के कल्याण और उसके आध्यात्मिक विकास हेतु अर्पण किया है।

सरश्री कहते हैं, 'सत्य के सभी मार्गों की शुरुआत अलग-अलग प्रकार से होती है लेकिन सभी के अंत में एक ही समझ प्राप्त होती है। **'समझ' ही सब कुछ है और यह 'समझ' अपने आपमें पूर्ण है।** आध्यात्मिक ज्ञान प्राप्ति के लिए इस 'समझ' का श्रवण ही पर्याप्त है।' इसी समझ को उजागर करने के लिए उन्होंने आज तक **तीन हज़ार से अधिक आध्यात्मिक विषयों पर प्रवचन दिए हैं,** जिनके द्वारा वे अध्यात्म की गहरी संकल्पनाएँ सीधे और व्यावहारिक रूप में समझाते हैं। समाज के हर स्तर

का इंसान सरश्री द्वारा बताई जा रही समझ का लाभ ले सकता है।

यह समझ हरेक को अपने अनुभव से प्राप्त हो इसलिए सरश्री ने **'महाआसमानी परम ज्ञान शिविर'** और उसके लिए आवश्यक कार्यप्रणाली (सिस्टम) की रचना की है, **जिसका लाभ लाखों खोजी ले रहे हैं।** यह व्यवस्था आय.एस.ओ. (ISO 9001:2015) प्रमाणित है, जिसने अनेक लोगों को सत्य की राह पर चलने की प्रेरणा दी है। इसी समझ के प्रचार और प्रसार के लिए उन्होंने 'तेजज्ञान फाउण्डेशन' नामक आध्यात्मिक संस्था की नींव रखी है। इस संस्था का मुख्य उद्‌देश्य है- **'हॅपी थॉट्स द्वारा उच्चतम विकसित समाज का निर्माण'**।

विश्व का हर इंसान आज सरश्री के मार्गदर्शन का लाभ ले सकता है, जिसके लिए किसी भी धर्म, जाति, उपजाति, वर्ण, पंथ, रंग या लिंग का बंधन नहीं है। विश्व के हर कोने में बसे लोग आज तेजज्ञान की इस अनूठी ज्ञान प्रणाली (System for Wisdom) का लाभ ले रहे हैं। इस व्यवस्था के एक हिस्से के रूप में **लाखों लोग रोज़ सुबह और रात को ९ बजकर ९ मिनट पर विश्व शांति के लिए प्रार्थना करते हैं।**

सरश्री को **बेस्टसेलर पुस्तक 'विचार नियम' श्रृंखला के रचनाकार** के रूप में भी जाना जाता है, जिसकी **१ करोड़ से ज़्यादा प्रतियाँ केवल ५ सालों** में वितरित हो चुकी हैं। इसके अलावा उन्होंने विविध विषयों पर **१०० से अधिक पुस्तकों का लेखन** किया है, जिनमें से 'विचार नियम', 'स्वसंवाद का जादू', 'स्वयं का साम ना', 'स्वीकार का जादू', 'निःशब्द संवाद का जादू', 'संपूर्ण ध्यान' आदि पुस्तकें बेस्टसेलर बन चुकी हैं। ये पुस्तकें दस से अधिक भाषाओं में अनुवादित की जा चुकी हैं और प्रमुख प्रकाशकों द्वारा प्रकाशित की गई हैं, जैसे पेंगुइन बुक्स, जैको बुक्स, मंजुल पब्लिशिंग हाऊस, प्रभात प्रकाशन, राजपाल ऍण्ड सन्स, पेंटागॉन प्रेस, सकाळ प्रकाशन इत्यादि।

## तेजज्ञान फाउण्डेशन – परिचय

तेजज्ञान फाउण्डेशन आत्मविकास से आत्मसाक्षात्कार प्राप्त करने का एक रास्ता है। इसके लिए सरश्री द्वारा एक अनूठी बोध पद्धति (System for Wisdom) का सृजन हुआ है। इस पद्धति को अन्तर्राष्ट्रीय मानक ISO 9001:2015 के आवश्यकताओं एवं निर्देशों के अनुरूप ढालकर सरल, व्यावहारिक एवं प्रभावी बनाया गया है।

इस संस्था की बोध पद्धति के विभिन्न पहलुओं (शिक्षण, निरीक्षण व गुणवत्ता) को स्वतंत्र गुणवत्ता परीक्षकों (Quality Auditors) द्वारा क्रमबद्ध तरीके से जाँचा गया। जिसके बाद इन पहलुओं को ISO 9001:2015 के अनुरूप पाकर, इस बोध पद्धति को प्रमाणित किया गया है।

फाउण्डेशन का लक्ष्य आपको नकारात्मक विचार से सकारात्मक विचार की ओर बढ़ाना है। सकारात्मक विचार से शुभ विचार यानी हॅपी थॉट्स (विधायक आनंदपूर्ण विचार) और शुभ विचार से निर्विचार की ओर बढ़ा जा सकता है। निर्विचार से ही आत्मसाक्षात्कार संभव है। शुभ विचार (Happy Thoughts) यानी यह विचार कि 'मैं हर विचार से मुक्त हो जाऊँ'। शुभ इच्छा यानी यह इच्छा कि 'मैं हर इच्छा से मुक्त हो जाऊँ'।

ज्ञान का अर्थ है सामान्य ज्ञान लेकिन तेजज्ञान यानी वह ज्ञान जो ज्ञान व अज्ञान के परे है। कई लोग सामान्य ज्ञान की जानकारी को ही ज्ञान समझ लेते हैं लेकिन असली ज्ञान और जानकारी में बहुत अंतर है। आज लोग सामान्य ज्ञान के जवाबों को ज़्यादा महत्त्व देते हैं। उदाहरण के तौर पर कर्म और भाग्य, योग और प्राणायाम, स्वर्ग और नर्क इत्यादि। आज के युग में सामान्य ज्ञान प्रदान करनेवाले लोग और शिक्षक कई मिल जाएँगे मगर इस ज्ञान को पाकर जीवन में कोई बड़ा परिवर्तन नहीं होता। यह ज्ञान या तो केवल बुद्धि विलास है या फिर अध्यात्म के नाम पर बुद्धि का व्यायाम है।

सभी समस्याओं का समाधान है– तेजज्ञान। भय से मुक्ति, चिंतारहित व क्रोध से आज़ाद जीवन है– तेजज्ञान। शारीरिक, मानसिक, सामाजिक, आर्थिक और आध्यात्मिक उन्नति के लिए है– तेजज्ञान। तेजज्ञान आपके अंदर है, आएँ और इसे पाएँ।

यदि आप ऐसा ज्ञान चाहते हैं, जो सामान्य ज्ञान के परे हो, जो हर समस्या का समाधान हो, जो सभी मान्यताओं से आपको मुक्त करे, जो आपको ईश्वर का साक्षात्कार कराए, जो आपको सत्य पर स्थापित करे तो समय आ गया है तेजज्ञान को जानने और शब्दोंवाले सामान्य ज्ञान से उठकर तेजज्ञान का अनुभव करने का।

अब तक अध्यात्म के अनेक मार्ग बताए गए हैं। जैसे जप, तप, मंत्र, तंत्र, कर्म, भाग्य, ध्यान, ज्ञान, योग और भक्ति आदि। इन मार्गों के अंत में जो समझ, जो बोध प्राप्त होता है, वह एक ही है। सत्य के हर खोजी को अंत में एक ही समझ मिलती है और इस समझ को सुनकर भी प्राप्त किया जा सकता है। उसी समझ को सुनना यानी तेजज्ञान प्राप्त करना है।

तेजज्ञान के श्रवण से सत्य का साक्षात्कार होता है, ईश्वर का अनुभव होता है। यही तेजज्ञान सरश्री महाआसमानी परम ज्ञान शिविर में प्रदान करते हैं।

# महाआसमानी परम ज्ञान
# शिविर परिचय और लाभ (निवासी)

क्या आपको उच्चतम आनंद पाने की इच्छा है? ऐसा आनंद, जो किसी कारण पर निर्भर नहीं है, जिसमें समय के साथ केवल बढ़ोतरी ही होती है। क्या आप इसी जीवन में प्रेम, विश्वास, शांति, समृद्धि और परमसंतुष्टि पाना चाहते हैं? क्या आप शारीरिक, मानसिक, सामाजिक, आर्थिक और आध्यात्मिक इन सभी स्तरों पर सफलता हासिल करना चाहते हैं? क्या आप 'मैं कौन हूँ' इस सवाल का जवाब अनुभव से जानना चाहते हैं।

यदि आपके अंदर इन सवालों के जवाब जानने की और 'अंतिम सत्य' प्राप्त करने की प्यास जगी है तो तेजज्ञान फाउण्डेशन द्वारा आयोजित 'महाआसमानी परम ज्ञान शिविर' में आपका स्वागत है। यह शिविर पूर्णतः सरश्री की शिक्षाओं पर आधारित है। सरश्री आज के युग के आध्यात्मिक गुरु और 'तेजज्ञान फाउण्डेशन' के संस्थापक हैं, जो अत्यंत सरलता से आज की लोकभाषा में आध्यात्मिक समझ प्रदान करते हैं।

**महाआसमानी परम ज्ञान शिविर का उद्देश्य :**

इस शिविर का उद्देश्य है, 'विश्व का हर इंसान 'मैं कौन हूँ' इस सवाल का जवाब जानकर सर्वोच्च आनंद में स्थापित हो जाए।' उसे ऐसा ज्ञान मिले, जिससे वह हर पल वर्तमान में जीने की कला प्राप्त करे। भूतकाल का बोझ और भविष्य की चिंता इन दोनों से वह मुक्त हो जाए। हर इंसान के जीवन में स्थायी खुशी, सही समझ और समस्याओं को विलीन करने की कला आ जाए। मनुष्य जीवन का उद्देश्य पूर्ण हो।

'मैं कौन हूँ? मैं यहाँ क्यों हूँ? मोक्ष का अर्थ क्या है? क्या इसी जन्म में मोक्ष प्राप्ति संभव है?' यदि ये सवाल आपके अंदर हैं तो महाआसमानी परम ज्ञान शिविर इसका जवाब है।

**महाआसमानी परम ज्ञान शिविर के मुख्य लाभ :**

इस शिविर के लाभ तो अनगिनत हैं मगर कुछ मुख्य लाभ इस प्रकार हैं-

- जीवन में दमदार लक्ष्य प्राप्त होता है।
- 'मैं कौन हूँ' यह अनुभव से जानना (सेल्फ रियलाइजेशन) होता है।
- मन के सभी विकार विलीन होते हैं।
- भय, चिंता, क्रोध, बोरडम, मोह, तनाव जैसी कई नकारात्मक बातों से मुक्ति मिलती है।
- प्रेम, आनंद, मौन, समृद्धि, संतुष्टि, विश्वास जैसे कई दिव्य गुणों से युक्ति होती है।
- सीधा, सरल और शक्तिशाली जीवन प्राप्त होता है।

* हर समस्या का समाधान प्राप्त करने की कला मिलती है।
* 'हर पल वर्तमान में जीना' यह आपका स्वभाव बन जाता है।
* आपके अंदर छिपी सभी संभावनाएँ खुल जाती हैं।
* इसी जीवन में मोक्ष (मुक्ति) प्राप्त होता है।

**महाआसमानी परम ज्ञान शिविर में भाग कैसे लें?**

इस शिविर में भाग लेने के लिए आपको कुछ खास माँगें पूरी करनी होती हैं। जैसे-

१) आपकी उम्र कम से कम अठारह साल या उससे ऊपर होनी चाहिए।

२) आपको सत्य स्थापना शिविर (फाउण्डेशन ट्रुथ रिट्रीट) में भाग लेना होगा, जहाँ आप सीखेंगे- वर्तमान के हर पल को कैसे जीया जाए और निर्विचार दशा में कैसे प्रवेश पाएँ।

३) आपको कुछ प्राथमिक प्रवचनों में उपस्थित होना है, जहाँ आप बुनियादी समझ आत्मसात कर, महाआसमानी परम ज्ञान शिविर के लिए तैयार होते हैं।

यह शिविर एक या दो महीने के अंतराल में आयोजित किया जाता है, जिसका लाभ हज़ारों खोजी उठाते हैं। इस शिविर की तैयारी आप दो तरीके से कर सकते हैं। पहला तरीका- मनन आश्रम (पूना) में पाँच दिवसीय निवासी शिविर में भाग लेकर, दूसरा तरीका- तेजज्ञान फाउण्डेशन के नजदीकी सेंटर पर सत्य श्रवण द्वारा। जैसे- पुणे, मुंबई, दिल्ली, सांगली, सातारा, जलगाँव, अहमदाबाद, कोल्हापुर, नासिक, अहमदनगर, औरंगाबाद, सूरत, बरोडा, नागपुर, भोपाल, रायपुर, चेन्नई, वर्धा, अमरावती, चंद्रपुर, यवतमाल, रत्नागिरी, लातूर, बीड, नांदेड, परभणी, पनवेल, ठाणे, सोलापुर, पंढरपुर, अकोला, बुलढाणा, धुले, भुसावल, बैंगलोर, बेलगाम, धारवाड, भुवनेश्वर, कोलकत्ता, राँची, लखनऊ, कानपुर, चंदीगढ़, जयपुर, पणजी, म्हापसा, इंदौर, इटारसी, हरदा, विदिशा, बुरहानपुर।

इनके अतिरिक्त आप महाआसमानी की तैयारी फाउण्डेशन में उपलब्ध सरश्री द्वारा रचित पुस्तकें, या यू ट्यूब के संदेश सुनकर भी कर सकते हैं। मगर याद रहे ये पुस्तकें, यू ट्यूब के प्रवचन शिविर का परिचय मात्र है, तेजज्ञान नहीं। आप महाआसमानी परम ज्ञान शिविर में भाग लेकर ही तेजज्ञान का आनंद ले सकते हैं। आगामी महाआसमानी परम ज्ञान शिविर में अपना स्थान आरक्षित करने के लिए संपर्क करें : 09921008060/75, 9011013208

**महाआसमानी परम ज्ञान शिविर स्थान :**

यह शिविर पुणे में स्थित मनन आश्रम पर आयोजित किया जाता है। इस शिविर के लिए भोजन और रहने की व्यवस्था की जाती है। यदि आपको कोई शारीरिक बीमारी है और आप नियमित रूप से दवाई ले रहे हैं तो कृपया अपनी दवाइयाँ साथ में लेकर आएँ। वातावरण अनुसार गरम कपड़े, स्वेटर, ब्लैंकेट आदि भी लाएँ।

'मनन आश्रम' पुणे शहर के बाहरी क्षेत्र में पहाड़ों और निसर्ग के असीम सौंदर्य के बीच बसा हुआ है। इस आश्रम में पुरुषों और महिलाओं के लिए अलग-अलग, कुल मिलाकर 700 से 800 लोगों के रहने की व्यवस्था है। यह आश्रम पुणे शहर से 17 किलो मीटर की दूरी पर है। हवाई अड्डा, हाइवे और रेल्वे से पुणे आसानी से आ-जा सकते हैं।

**मनन आश्रम** : मनन आश्रम, पुणे, सर्वे नं. ४३, सनस नगर, नांदोशी गाँव, किरकट वाडी फाटा, तहसील - हवेली, जिला : पुणे - ४११०२४. फोन : 09921008060

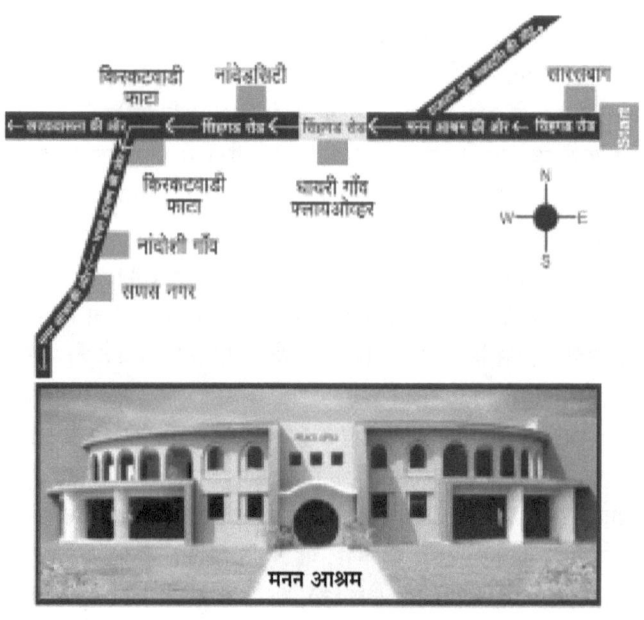

N
W
E

**अब एक क्लिक पर ही शिविर का रजिस्ट्रेशन !**

तेजज्ञान फाउण्डेशन की इन शिविरों के लिए
अब आप ऑनलाईन रजिस्ट्रेशन भी कर सकते हैं-

* महाआसमानी परम ज्ञान शिविर परिचय और लाभ (पाँच दिवसीय निवासी शिविर)
* मैजिक ऑफ अवेकनिंग (केवल अंग्रेजी भाषा जाननेवालों के लिए तीन दिवसीय निवासी शिविर)
* मिनी महाआसमानी (निवासी) शिविर, युवाओं के लिए

**रजिस्ट्रेशन के लिए आज ही लॉग इन करें**

**www.tejgyan.org**

# तेजज्ञान ग्लोबल फाउण्डेशन द्वारा प्रकाशित श्रेष्ठ पुस्तकें

### अवचेतन मन की शक्ति के पीछे आत्मबल
मन का प्रशिक्षण और पाँच शक्तियाँ

Pages - 216
Price - 100/-

अवचेतन मन किसी अजूबे से कम नहीं। उसे सही प्रशिक्षण दिया जाए तो वह आपके जीवन में अनोखे चमत्कार कर सकता है। पर क्या आप जानते हैं कि मानव जन्म का लक्ष्य क्या है? यदि नहीं तो आपको इस पुस्तक की जरूरत है। यह पुस्तक अवचेतन मन की शक्तियों के साथ-साथ आपकी आगे की संभावनाओं पर भी रोशनी डालती है। इस पुस्तक में आप पढ़ेंगे –

❈ अवचेतन मन को प्रशिक्षित क्यों और कैसे किया जाए?

❈ इस मन के पार कौन सी ५ शक्तियाँ हैं जो आत्मबल प्रदान करती हैं?

❈ अपने इमोशन्स को कैसे संभाला जाए?

❈ अपनी ऊर्जा को एकत्रित क्यों और कैसे किया जाए?

❈ आत्मबल से पहाड़ जैसे लक्ष्य को कैसे हासिल किया जाए?

❈ आपकी सही उपस्थिति चमत्कार कैसे करे?

❈ फल के प्रति उदासीन रहने के क्या फायदे हैं?

❈ सहनशीलता, धैर्य और अनुशासन जैसे गुण स्वयं में कैसे लाएँ?

❈ अवचेतन मन की ७ शक्तियों का सार क्या है?

## असंभव कैसे करें संभव
### हातिम से सीखें साहस और निःस्वार्थ जीवन का राज़

Pages - 176
Price - 100/-

हातिम के किस्से विश्व प्रसिद्ध हैं जो आपको रहस्य, रोमांच और साहस की तिलस्मी दुनिया में ले जाते हैं। लेकिन इस बार यह साहस आपको दिखाना है और सात नहीं बल्कि चौदह सवालों के जवाब खोजने हैं पर एक अलग ढंग से। यह खोज जंगलों में, पर्वतों पर, रेगिस्तानों में नहीं बल्कि स्वयं के भीतर ही डुबकी लगाकर करनी है।

इस खोज में यह पुस्तक आपकी मार्गदर्शक बनेगी। जो पहले आपको सवाल देगी, फिर आपसे उनके जवाबों की खोज करवाएगी। ये जवाब आपको सिखाएँगे-

१. असंभव कैसे बने संभव? वहम, तथ्य, सत्य और परमसत्य का रहस्य क्या है?
२. कुदरत से कैसा ताल-मेल बनाएँ ताकि लक्ष्य सहजता से प्राप्त हो?
३. दुःख से बाहर आने की कला क्या है, आनंदित अवस्था कैसे पाएँ?
४. निःस्वार्थ जीवन की शक्ति क्या है, इसे अपनाना क्यों ज़रूरी है?
५. कर्म विज्ञान क्या है, कर्म बंधनों से मुक्ति कैसे पाएँ?
६. प्रेम, आनंद, शांति, संपन्नता, स्वास्थ्य, मधुर रिश्तोंभरा जीवन कैसे पाएँ?
७. मृत्यु और जीवन का रहस्य क्या है? मुक्ति क्या है, इसे कैसे प्राप्त करें?

तो चलिए हातिम बनकर सात-सात वचनों के साथ आंतरिक खोज का शुभारंभ करें और वह सब कुछ प्राप्त करें, जिसे पाने के लिए आप पृथ्वी पर आए हैं।

## इमोशन्स पर जीत

### दु:खद भावनाओं से मुलाकात कैसे करें

Pages - 176
Price - 135/-

आज लोग आय.क्यू. का महत्त्व तो समझते हैं परंतु इ.क्यू. (इमोशनल कोशंट) का महत्त्व उससे अधिक है, यह कम लोग जानते हैं।

भावनाओं से जूझ रहे इंसान के पास यदि 'इ.क्यू.' है तो वह जीवन की हर बाज़ी को पलट सकता है। परंतु यदि उसके पास इ.क्यू. नहीं है और केवल आय. क्यू. है तो उस कार्य को कर पाना उसके लिए मुश्किल हो सकता है। इसी लिए भावनात्मक परिपक्वता पाना महत्वपूर्ण है।

सिर्फ उम्र से बड़ा होना परिपक्वता नहीं है, भावनाओं से प्रभावित हुए बिना उनसे गुज़रकर, उनको सही रूप में देखने की कला सीखकर ही इंसान भावनात्मक रूप से परिपक्व बनता है। यही परिपक्वता आपको प्रदान करती है यह पुस्तक।

भावनाओं से मुक्ति पाने के दो ही तरीके इंसान ने सीखे हैं- एक है उन्हें निगलना और दूसरा है उगलना। जबकि भावनाओं को मुक्त करने के अनेक अचूक तरीके हैं, जो इस पुस्तक में आपको बताए गए हैं।

अपनी भावनाओं को दुश्मन नहीं, दोस्त बनाने के लिए पढ़ें...

*दु:खद भावनाओं से मुक्ति का मार्ग *क्या रोना अच्छा है या कमज़ोरी है *असुरक्षा की भावना से मुक्ति कैसे मिले *भावनाओं को मुक्त करने के चार योग्य तरीके *भावनाओं से मुलाकात करने के चार उच्चतम तरीके *भावनाओं को अभिव्यक्त करने के सच्चे तरीके

## विकास नियम
### आत्मविकास द्वारा संतुष्टि पाने का राज़

Pages - 176
Price - 100/-

विकास नियम हमारे चारों ओर काम कर रहा है। फिर चाहे वह शरीर का विकास हो, बुद्धि का विकास हो, शहर या देश का विकास हो। यह नियम तो एक बुनियादी नियम है; यह पूर्णता की चाहत है। आइए, इस पुस्तक द्वारा विकास नियम को अपना आदर्श बना दें और विकास की नई ऊँचाइयों को छू लें।

विकास नियम हर इंसान और वस्तु में छिपी संभावनाओं को प्रकट करने का नियम है। यह आपकी संपूर्ण संतुष्टि की चाहत को पूरा करता है। इस नियम के जरिए जान लें जो अब आपके सामने है।

* विकास नियम का महा मंत्र क्या है?
* विकास की शुरुआत कैसे और कहाँ से करें?
* विकास का विकल्प कैसे चुनें?
* विकास पर सदा अपनी नजर कैसे टिकाए रखें?
* आत्मविकास के स्वामी कैसे बनें?
* इंसान की अंतिम विकास अवस्था क्या है?
* स्वयं को और अपने मन की जमाई सोच को कैसे जानें?

विकास नियम के पन्नों में छिपे हैं, ऐसे कई सवालों के सरल जवाब, जिन्हें पढ़ना शुरू करें आज से, याद से...।

आलस्य से मुक्ति के नए कदम - 143

– तेजज्ञान इंटरनेट रेडियो –

२४ घंटे और ३६५ दिन सरश्री के प्रवचन और
भजनों का लाभ लें,
तेजज्ञान इंटरनेट रेडियो द्वारा। देखें लिंक
http://www.tejgyan.org/internetradio.aspx

हर रविवार सुबह १०.०५ से १०.१५ तक रेडियो
विविध भारती, एफ. एम. पुणे पर 'हॅपी थॉट्स कार्यक्रम'

www.youtube.com/tejgyan
पर भी सरश्री के प्रवचनों का लाभ ले सकते हैं।
For online shoping visit us - www.tejgyan.org,
www.gethappythoughts.org

---

पुस्तकें प्राप्त करने के लिए नीचे दिए गए पते पर मनीऑर्डर द्वारा पुस्तक का मूल्य भेज सकते हैं। पुस्तकें रजिस्टर्ड, कुरियर अथवा वी.पी.पी. द्वारा भेजी जाती हैं। पुस्तकों के लिए नीचे दिए गए पते पर संपर्क करें।

* WOW Publishings Pvt. Ltd. रजिस्टर्ड ऑफिस-E-4, वैभव नगर, तपोवन मंदिर के नज़दीक, पिंपरी, पुणे- 411017
* पोस्ट बॉक्स नं. 36, पिंपरी कॉलोनी पोस्ट ऑफिस, पिंपरी, पुणे - 411017
फोन नं.: 09011013210 / 9623457873
आप ऑन-लाइन शॉपिंग द्वारा भी पुस्तकों का ऑर्डर दे सकते हैं।
लॉग इन करें - www.gethappythoughts.org
500 रुपयों से अधिक पुस्तकें मँगवाने पर 10% की छूट और फ्री शिपिंग।

## e-mail
mail@tejgyan.com

## website
www.tejgyan.org, www.gethappythoughts.org

### - विश्व शांति प्रार्थना -

'पृथ्वी पर सफेद रोशनी (दिव्य शक्ति) आ रही है।
पृथ्वी से सुनहरी रोशनी (चेतना) उभर रही है।
विश्व से सारी नकारात्मकता दूर हो रही है।
सभी प्रेम, आनंद और शांति के लिए
खुल रहे हैं, खिल रहे हैं।'
विश्व के सभी लीडर्स आउट ऑफ बॉक्स सोच रहे हैं...
विश्व के सभी लीडर्स शांतिदूत बन रहे हैं
विश्व के सभी लीडर्स की इच्छा ईश्वर की इच्छा बन रही है!
धन्यवाद

यह 'सामूहिक अव्यक्तिगत प्रार्थना' तेजज्ञान फाउण्डेशन के सदस्य पिछले कई सालों से निरंतरता से कर रहे हैं। खुश लोग यह प्रार्थना कर सकते हैं और बीमार, दुःखी लोग उस वक्त एक जगह बैठकर इस प्रार्थना को ग्रहण कर स्वास्थ्य लाभ पा सकते हैं।

यदि इस वक्त आप परेशान या बीमार हैं तो रोज़ सुबह या रात 9:09 को केवल ग्रहणशील होकर इस भाव से बैठें कि 'स्वास्थ्य और शांति की सफेद रोशनी जो इस वक्त प्रार्थना में बैठे कई लोगों द्वारा नीचे पृथ्वी पर उतर रही है, वह मुझमें भी अपना कार्य कर रही है। मैं स्वस्थ और शांत हो रहा हूँ।' कुछ देर इस भाव में रहकर आप सबको धन्यवाद देकर उठें।

www.ingramcontent.com/pod-product-compliance
Lightning Source LLC
LaVergne TN
LVHW091048100526
838202LV00077B/3117
* 9 7 8 8 1 8 4 1 5 3 0 4 0 *